LE MOULIN DES SOURCES

Née dans les Ardennes, à Mézières, Françoise Bourdon a enseigné le droit et l'économie pendant dix-sept ans avant de se consacrer à l'écriture, sa passion de toujours. Férue d'histoire, elle fait revivre dans ses romans les métiers oubliés et les vies quotidiennes d'autrefois. Elle est l'auteur, entre autres, des *Dames du sud* – son premier roman paru en 1986 –, des *Tisserands de la licorne*, de *La Figuière en héritage* ou encore de *La Nuit de l'amandier*.

FRANÇOISE BOURDON

Le Moulin des Sources

ROMAN

CALMANN-LÉVY

Ce roman est une fiction. Toute ressemblance
avec des personnes existant ou ayant existé serait fortuite.

ISBN : 978-2-253-15807-3 – 1re publication LGF

À mon père.

PROLOGUE

1836

Elle l'avait aimé dès qu'elle avait croisé son regard. Un regard comme elle n'en avait encore jamais vu, couleur de mousse, dont l'iris était constellé de minuscules points sombres.

Le jour déclinant teintait le ciel d'un délicat camaïeu de mauve, de bleu et de rose. Des nuances un peu trop fades pour la jeune fille, qui se vêtait volontiers de rouge.

Ses galants la disaient jolie. Jusqu'à cette rencontre, le soir de la Saint-Jean, au Thor, cela lui était égal. Ce soir-là, elle aurait voulu tout recommencer.

La jeunesse des villages environnants se retrouvait devant le grand feu. Les reflets des flammes rosissaient les joues.

« Toutes les filles sont belles le soir de la Saint-Jean », prétendait Céline, sa première nourrice. Jeanne observait sans mot dire les jeunes femmes qui, après avoir tressé l'armoise, la lançaient dans une ronde autour des feux. Elle devinait que ces femmes enceintes priaient la Vierge, lui demandant que leurs enfants naissent en bonne santé. Jeanne ne connaissait pas ce souci.

Elle avait eu beaucoup de chance, jusqu'alors, de ne pas tomber grosse. Elle-même bâtarde, Jeanne se défiait des hommes. Elle ne renonçait pas, cependant, à prendre son plaisir dans la chaleur moite d'une grange ou sur l'herbe mouillée de rosée. Ayant souffert de sa situation illégitime durant l'enfance, marquée du sceau de l'infamie, elle ne supportait aucun interdit.

Étant condamnée d'avance, à quoi bon mener une existence de nonne ?

Pourtant, ce soir-là, c'était différent. L'inconnu était bel homme, et séduisant. Il l'avait remarquée, lui aussi. Elle lui sourit. Pour la fête, elle portait sa plus belle toilette, une robe bleue à dessins en bâtonnets relevée sur un jupon piqué rouge, un fichu d'indienne et une coiffe à la grecque.

Elle ôta ses sabots pour suivre celui qui l'invitait à danser et courut pieds nus en lui donnant la main. Heureuse, Jeanne oubliait les jours de misère, son enfance avignonnaise passée à travailler comme lavandière, à encaisser insultes et taloches.

Quand son cavalier, à bout de souffle, quitta la farandole, Jeanne l'accompagna. La nuit était tombée. Du bosquet où il l'entraîna, en bordure de Sorgue, elle apercevait les flammes de la Saint-Jean, lancées à l'assaut du ciel d'encre.

Elle ne savait rien de lui, pas même son nom. En revanche, elle savait comment satisfaire les hommes.

Peu farouche, elle l'embrassa avec fougue. Ses lèvres étaient exigeantes, ses caresses de plus en plus pressantes. Quand il la bascula dans l'herbe, elle entrevit un quartier de lune et eut juste le temps de songer que cet homme-là, elle ferait tout pour le garder.

Jeanne essuya son front couvert de sueur. Ce n'était pas la première fois qu'elle se louait à un garancier mais, cet été, la chaleur était encore plus difficile à supporter que d'habitude. Le dos courbé, Jeanne ramassait dans son tablier les racines de garance. La transpiration ruisselait entre ses seins. Elle alla boire à la cruche d'eau tirée du puits, sourit à Bernardine, qui faisait équipe avec elle :

— Il ne faudra pas me bercer ce soir, lui dit celle-ci.

Jeanne haussa les épaules :

— Bah ! Si on doit vivre à vingt ans comme une vieille, ça sert à quoi d'être jeune ?

Bernardine l'enveloppa d'un regard admiratif. Sa camarade rayonnait. Ses cheveux d'un blond chaud, une teinte plutôt rare dans le Comtat, formaient un plaisant contraste avec ses yeux gris. Bien faite, avec une poitrine ronde et ferme, la taille fine et des jambes longues que son jupon laissait entrevoir, Jeanne attirait les regards masculins et s'en amusait.

Un seul prétendant l'intéressait. Celui qu'elle retrouvait un soir sur deux. Il venait la chercher au mas du Sergent, l'emmenait, serrée contre lui sur son cheval pommelé.

Les bords de Sorgue leur étaient propices, ou encore un grangeon vide. L'espace d'une heure, Jeanne oubliait sa fatigue. Elle espérait passer une nuit entière dans ses bras mais il demeurait intraitable et la ramenait toujours au mas du Sergent.

— Qu'espères-tu de ton galant ? demanda Bernardine. C'est un monsieur, de la race des maîtres. Il n'épousera jamais une fille comme toi ou moi.

Jeanne se redressa :

— On verra bien !

Elle se surprenait à rêver. Le mariage, pourquoi pas ? À moins qu'il ne l'installe dans une maison en ville, à Carpentras ou à L'Isle-sur-la-Sorgue ? Pour lui, elle était prête à sacrifier sa liberté. Elle l'aimait.

Début août, il se montra moins assidu. Il avait du travail, des obligations. Paniquée, elle réclama plus de temps, plus d'attentions. Le jour de la fête votive, elle se fit offrir une croix Jeannette suspendue à un ruban de velours noir. Ce serait, lui semblait-il, une preuve de son attachement.

On lui rapporta qu'il avait été vu à d'autres fêtes, en compagnie d'autres filles.

Elle s'affola.

Ils se retrouvèrent au 15 août, à Pernes. Il était lointain, agacé. Elle tenta de le reconquérir, en vain.

— Nous avons passé du bon temps ensemble. À présent, c'est fini, lui déclara-t-il froidement.

Devant son insistance, il se montra plus explicite :

— Je n'étais pas le premier, je ne serai pas le dernier. Restons bons amis.

Elle le supplia, en se méprisant. Il haussa les épaules. Que croyait-elle donc ? Qu'il l'épouserait ? Il n'avait pas du tout l'intention de se marier avec la première venue qui s'était laissé trousser comme une *putan*.

Perdant tout contrôle, Jeanne l'insulta, le traita de *catounejaire*, de coureur de jupons. Il se mit à rire :

— Calme-toi, ma belle.

Ce soir-là, elle s'arrangea pour quitter la fête au bras d'un voiturier qui lui faisait des avances depuis un petit moment. Elle voulait se délivrer du chagrin qui lui tordait le ventre.

Se retournant, elle constata qu'il la suivait des yeux et éprouva la satisfaction de la revanche. Elle n'était pas en peine de se trouver un autre galant, même si son cœur était déchiré.

Elle ignorait qu'elle n'aurait pas assez de toute sa vie pour regretter cette impulsion.

1

1840

Noëlie, la fille aînée de Benoît Saurel, marqua une hésitation au moment de franchir le seuil de la maison familiale. Elle avait promis à son père de veiller à ce que tout soit prêt pour le souper avant de rejoindre ses amies, Clarisse et Albertine. C'était la première fois qu'elle s'apprêtait à participer à la coutume de la noyée des veillées, le soir de la Chandeleur, et elle était impatiente de se mêler à la jeunesse de L'Isle-sur-la-Sorgue.

Pourtant, elle ne parvenait pas à se décider. Sa jeune sœur, Lucille, boudait manifestement après avoir piqué une colère. Leur mère était morte d'un flux de ventre alors que Lucille avait à peine quatre ans. Depuis, elle accumulait les caprices au grand dam de Noëlie qui tentait de lui imposer des règles strictes. Cependant, quand le père rentrait, Lucille se coulait dans ses bras et obtenait de lui tout ce que sa sœur lui avait refusé. Heureusement, Émile, leur frère, qui travaillait avec leur père, ne se laissait pas prendre au piège des simagrées de Lucille.

Catou, la servante, entra dans la salle, le bougeoir à la main, et comprit tout de suite ce qui se passait.

Belle et grande femme âgée d'une trentaine d'années, elle servait chez les Saurel depuis plus de treize ans. Elle avait torché les enfants, soigné leur mère, appris à Noëlie à tenir une maison et sa réputation d'excellente cuisinière avait dépassé les limites de la ville.

Elle jeta un regard sévère à Lucille qui pleurnichait au coin de l'âtre et se dirigea vers Noëlie.

— Tu n'es pas encore partie, ma grande ? Clarisse et Albertine doivent t'attendre devant l'église. File, et n'oublie pas ta cape, le froid tombe vite avec le soleil.

La jeune fille, soulagée, lui obéit sans tenir compte de Lucille qui s'était mise à hurler. Elle entendit Catou lui proposer de l'accompagner à l'écurie où la chatte Mistoufle allaitait ses petits. Quand la porte claqua derrière Noëlie, Lucille ne pleurait plus.

Resserrant son châle autour d'elle, l'aînée des Saurel courut vers la collégiale Notre-Dame-des-Anges. La nuit viendrait bientôt, elle espérait que ses amies l'auraient attendue. Depuis plusieurs jours, toutes trois se réjouissaient de participer à la noyée des veillées.

Catou lui avait souvent raconté qu'elle en gardait un bon souvenir. La servante avait discrètement plaidé la cause de Noëlie auprès du maître. L'entrepreneur, en effet, ne voyait pas sa fille grandir ou, plutôt, refusait de l'admettre. Proche de ses trois enfants, il n'aimait guère les voir sortir de la demeure imposante située non loin de l'église.

Benoît Saurel avait réussi. Sa fabrique de couvertures tournait bien. Il l'avait créée au début des années 1820, juste après son mariage. Il savait que l'eau de la Sorgue, régulière et pure, favorisait l'industrie lainière. La Sorgue, mais aussi la proximité des troupeaux d'ovins et la terre à foulon de Mormoiron, grasse et absorbante, concouraient à créer les meilleures conditions pour la fabrication de couvertures de laine, de mulets et de lit.

« Je n'ai pas à me plaindre », répondait-il lorsqu'on le complimentait, suivant en cela la prudence de ses aïeux paysans. Il vendait sa production non seulement sur la foire de Beaucaire mais aussi sur les marchés de la région, ou encore jusqu'en Piémont.

Cependant, personne, et surtout pas lui, n'était à l'abri d'une mévente. Des entreprises concurrentes installées à Valréas et à Malaucène avaient fermé leurs portes moins de trois ans après leur ouverture. Aussi, Saurel savourait-il sa prospérité tout en demeurant vigilant.

Pour l'heure, Noëlie ne songeait pas aux affaires paternelles. Haletante, elle rejoignit ses amies.

Les trois jeunes filles offraient un séduisant contraste. Noëlie, brune aux yeux bleu foncé, donnait le bras à Albertine, aux cheveux châtains et aux yeux noisette tandis que Clarisse, blonde au regard noir, marchait en tête, en levant haut son flambeau. Toutes trois portaient le costume comtadin : une robe d'un seul tenant en taffetas au buste pincé et à la jupe froncée par de nombreux plis canons, un châle de laine, et une cape ample en mérinos bordé de velours noir. Noëlie et Albertine dissimulaient une partie de leurs cheveux sous la coiffe à la grecque traditionnelle composée de la passe, une bande de tissu d'environ huit centimètres de large, du fond enserrant le dessus de la tête et des *veto*, les attaches de percale amidonnées avec soin. Clarisse préférait la coiffe tuyautée à la *genoveso*, qui rappelait la triple génoise des toitures.

Elles marchaient d'un bon pas, et plus d'un garçon se retournaient sur leur passage. Elles riaient, heureuses de se rendre à Velleron participer à la fête nocturne.

Émile, qui revenait de sa tournée dans les villages environnants, s'arrêta à leur hauteur et proposa de les emmener dans sa carriole.

Ravies, elles sautèrent sur le marchepied et se blottirent sur le banc situé derrière le siège. Émile chantonnait et elles joignirent leurs voix à la sienne.

Le vent était tombé, la nuit enveloppait la campagne.

— Gare ! s'écria tout à coup Clarisse en riant. Nous avons vu l'ombre du loup cet après-midi, l'hiver n'est pas encore fini.

— J'aime chaque saison, confia Noëlie d'une voix rêveuse.

Anne-Louise, sa mère, lui avait appris à apprécier le plus petit moment de bonheur. Fille d'un notaire carpentrassien, Anne-Louise était cultivée et avait insisté pour que son aînée suive les cours des Ursulines après qu'elle lui eut elle-même enseigné la lecture et l'écriture. La jeune femme aimait la poésie, l'histoire et la musique. Noëlie se souvenait des veillées dans leur maison de L'Isle. Blottie sur un coussin aux pieds de sa mère, elle l'écoutait jouer du piano, bouleversée de bonheur. Depuis la mort d'Anne-Louise, plus personne n'avait osé effleurer les touches du clavier.

Chemin faisant, ils dépassèrent des groupes de jeunes gens qui se dirigeaient eux aussi vers Velleron.

— On raconte que la noyée des veillées a permis bien des mariages, chuchota Clarisse, en coulant un regard énamouré vers le dos d'Émile.

Ses amies savaient qu'elle convoitait le frère de Noëlie et ce même s'il était son cadet de deux bonnes années. Grand, large d'épaules, Émile était bel homme et représentait un bon parti.

— Ne me dis pas que tu cherches toujours à savoir si tu épouseras mon frère ! se récria Noëlie en se gardant bien d'élever la voix.

Clarisse, en effet, était connue pour expérimenter certaines coutumes empreintes de magie dès qu'elle en entendait parler. Ainsi, elle avait déjà ramassé sur son chemin trois herbes dont elle ignorait le nom, les avait placées sous son oreiller dans l'espoir de rêver d'Émile Saurel. Elle avait aussi baigné ses pieds dans une source proche d'Entraigues, avait bu de nombreuses tisanes ou décoctions et, même, un soir de la Saint-Jean, enfermé le pauvre chat de sa maison sous une lessiveuse retournée et l'y avait laissé toute la nuit. Comme, le lendemain matin, le chat était encore vivant, Clarisse en avait conclu qu'elle serait mariée à la Saint-Jean suivante. Cependant, on était déjà le 2 février et Émile ne semblait guère lui prêter attention !

Noëlie sourit. Elle apercevait la silhouette massive de l'ancien château des Trians.

— Tu n'as pas peur ? souffla Albertine.

Le sourire de Noëlie s'accentua :

— Peur de quoi ? Nous sommes tous ensemble et nous n'avons rien à craindre en compagnie d'Émile.

Pourtant, elle ne se sentit pas vraiment à l'aise, quelques minutes plus tard, alors que toute la jeunesse de L'Isle et des environs se retrouvait au bord de la Sorgue. Certaines filles parlaient et riaient fort. Noëlie ne pensait pas les connaître. Elle remarqua tout de suite le grand jeune homme à qui elles faisaient des grâces. La lueur mouvante des flambeaux mettait en valeur son abondante chevelure noire et ses lèvres bien ourlées.

Elle fit la moue en constatant qu'il semblait s'amuser avec les deux filles délurées.

— Tu as ta chandelle ? s'enquit Clarisse.

Noëlie l'avait préparée dans la maison familiale en suivant les conseils de Catou. Il suffisait de la fixer avec de la cire sur une planchette. Elle la sortit de la poche de sa cape, chercha son frère des yeux. Une haute silhouette se pencha vers elle :

— Permettez-moi, mademoiselle...

L'inconnu battit le briquet. Il avait des yeux verts très clairs.

— Merci, répondit Noëlie, intimidée.

Elle se pencha pour confier sa planchette au fil de l'eau. Les jeunes autour d'elle l'imitèrent dans un joyeux brouhaha. Il fallait ensuite courir jusqu'au pont enjambant la Sorgue afin d'assister à l'arrivée des chandelles vacillantes. La scène avait quelque chose d'irréel et de mystérieux.

Noëlie, haletante, s'appuya contre un pilier du pont.

— On dirait des feux follets, remarqua-t-elle d'une voix rêveuse.

Elle se souvenait à cet instant des contes que sa mère lui narrait, à la veillée. Anne-Louise savait créer une atmosphère et susciter l'intérêt de son auditoire. Sous le charme, bouche ouverte, Noëlie jetait de discrets coups d'œil en direction des coins sombres de la salle, et son père souriait.

— N'avez-vous pas froid, demoiselle ? s'enquit une voix grave, à sa gauche.

Noëlie ne se retourna pas. Elle avait deviné qu'il s'agissait de l'homme aux yeux verts.

Elle secoua la tête avec vivacité.

— Je n'ai jamais froid !

Un mouvement se fit autour d'eux. Noëlie fut entraînée par ses amies et s'éloigna. Clarisse cherchait à se rapprocher d'Émile. Celui-ci lui demanda à voix basse :

— Tu connais le fils Viguier, de Vaucluse[1] ?

Elle écarquilla les yeux.

— Explique-toi.

— Le garçon qui te parlait… c'est le fils du Moulin des Sources.

— Vraiment ? fit-elle.

De toute manière, elle n'imaginait pas le revoir un jour. À quelques pas d'eux, le ton montait. Deux jeunes gens se mettaient au défi de plonger dans la Sorgue. Émile, toujours protecteur, donna le signal du départ et entraîna les trois jeunes filles. Une main se posa sur l'épaule de Noëlie :

— Où puis-je vous revoir, demoiselle ?

— À la messe, à la collégiale de L'Isle ! lança-t-elle.

Derrière eux, les planchettes étaient passées sous le tablier du pont mais personne n'y accordait plus d'importance. La Chandeleur marquait la fin des veillées. Pourtant, Timothée Viguier espérait revoir la belle l'Isloise très bientôt.

---

1. Le village de Vaucluse, afin d'éviter toute confusion avec le département, a changé de nom. Il s'appelle, depuis 1946, Fontaine-de-Vaucluse.

2

1840

Un printemps particulièrement pluvieux avait transformé la Sorgue, d'ordinaire paisible, en un torrent impétueux qui attirait nombre de curieux depuis deux dimanches. Le site de Vaucluse, grandiose, émerveillait toujours Timothée, bien qu'il soit né à moins de trois kilomètres, dans la grande demeure des Viguier, une bastide au toit de tuiles à triple génoise, aux fenêtres à petits bois cintrés, aux volets peints en gris-bleu et à la porte massive en noyer.

Depuis des siècles, on s'interrogeait sur le mystérieux phénomène de la résurgence, une vaste nappe d'eau souterraine surgissant au pied d'une falaise d'environ deux cents mètres de haut, à l'extrémité d'une vallée close, *Vallis clausa*, devenue « Vaucluse ».

« Il ne faut pas chercher à percer le secret de la fontaine », estimait grand-père Augustin. C'était lui qui avait formé Timothée au métier. Dans la famille

Viguier, on fabriquait du papier depuis plus d'un siècle et demi. Leur moulin comme leur maison attestaient de leur prospérité.

« Nous devons tout à la Sorgue et aux maîtres italiens », reconnaissait Nicolas Viguier, le père de Timothée.

La rivière correspondait en effet aux conditions optimales fixées au XVIIe siècle par le père jésuite Imberdis :

> *Choisissez une région au climat doux et tempéré car l'eau du ruisseau ne doit pas geler l'hiver ni tarir l'été*[1].

Les Italiens, de leur côté, avaient inventé le moulin à papier, créé l'étendoir, l'endroit où l'on faisait sécher les feuilles sur des cordes, ainsi que le filigrane.

Le jour où Philibert Viguier s'était installé à Vaucluse, en 1750, il avait été séduit par la transparence des eaux couleur émeraude de la Sorgue. Aventurier dans l'âme, il avait bourlingué sur les mers avant de s'établir, fortune faite, avec la fille d'un confiseur carpentrassien. Il avait eu l'intelligence de se faire seconder par un génial touche-à-tout, dont la famille avait seulement retenu le prénom, Norbert. Ce dernier s'était chargé de faire bâtir le moulin à papier, en tenant compte des exigences du cadre. Vaucluse, en effet, était à l'époque un petit village

---

1. *Fontaine-de-Vaucluse. Vallis clausa, le moulin à papier*, Michel Maisonneuve et Philippe Caudron, PEC, 1996.

dominé par les ruines du château des évêques de Cavaillon.

Deux moulins à papier existaient déjà. Philibert et Norbert avaient choisi de s'implanter en bord de Sorgue.

Amenée par un bief, un canal étroit en bois, l'eau s'écoulait par-dessous la roue en poussant ses pales de bois ou aubes dans le sens contraire des aiguilles d'une montre. La grande roue entraînait une poutre cylindrique, l'arbre à cames, de six mètres de long, qui actionnait les maillets en effectuant une rotation sur elle-même.

La première fois, Timothée avait eu l'impression de ne pas pouvoir supporter le bruit infernal dans la salle des piles à maillets. Il lui semblait qu'on lui frappait sur la tête à grands coups.

Il avait fait demi-tour, mais grand-père Augustin l'attendait sur le seuil du moulin. Timothée l'entendait encore : « Halte-là, mon garçon ! Si la première difficulté te rebute, tu peux tout de suite aller casser des cailloux sur la route ! Cette activité sera elle aussi bruyante et fatigante et, de plus, tu travailleras pour un patron. Mais ma foi... si c'est là ton unique ambition... »

Timothée était fier. Piqué au vif, il avait rebroussé chemin.

Il sourit. Le bruit ne le gênait plus, à présent. Il savait seulement qu'il risquait de perdre de son acuité auditive, comme son père et son grand-père avant lui. Chaque maillet était un marteau impressionnant de soixante-quinze kilos. Les maillets étaient munis de clous qui iraient broyer le contenu d'une énorme cuve, la pile.

Chaque jour, des charrettes apportaient au moulin des sacs pleins de chiffons, des pièces de chanvre, de coton ou de lin. Timothée achetait leurs invendus aux colporteurs, les guenilles sur les « foires à tout », ainsi que les chemises usagées.

Tous ces chiffons passaient au dérompoir où des ouvrières décousaient les boutons avant de découper les tissus en bandes minces puis en morceaux. Elles remplissaient les paniers en osier de chiffe, et des gamins les portaient jusqu'à la salle des piles où les maillets, assemblés par groupes de trois, pilonnaient leur chargement.

C'était tout un mécanisme de transformation fascinant. La chiffe, mélangée à de l'eau, passait au fur et à mesure dans chacune des cinq piles et, au terme de vingt-quatre à trente-six heures de broyage, devenait une pâte assez grossière. La dernière étape s'effectuait dans la pile hollandaise, inventée au XVIIIe siècle aux Pays-Bas. Il s'agissait d'une cuve de fonte ovale dans laquelle un cylindre muni de lames déchiquetait la pâte sortie des piles.

Chez Viguier, on ajoutait à la pâte à papier des fibres de pin afin de donner un peu plus de corps au papier, ainsi que de la colle à base de résine.

Lorsqu'on estimait que la pâte était prête, on la versait dans une cuve en cuivre, tout en continuant de la brasser. Commençait alors la tâche de l'ouvreur, l'ouvrier papetier. Celui-ci, après avoir continué de remuer la pâte grâce au redable, une sorte de grande cuiller perforée, y plongeait une forme aux dimensions de la future feuille.

C'était un châssis de bois rectangulaire, comprenant une trame serrée de fils métalliques. L'autre partie de la forme était constituée par la couverte, un cadre de bois plein s'ajustant sur le châssis. Ainsi, les bords de la couverte retenaient la pâte, à l'épaisseur désirée.

Pour avoir travaillé à toutes les étapes de la production, Timothée savait qu'il fallait de l'adresse pour être un bon ouvreur. En effet, d'un souple mouvement du poignet, les ouvreurs secouaient, faisaient bouger la forme afin d'enchevêtrer les fibres.

Il suffisait alors d'égoutter puis d'enlever la couverte. Intervenait ensuite l'ouvrier coucheur. Il retournait la forme pour poser la feuille obtenue sur un tapis en feutre de laine. Il procédait ainsi pour cent cinquante à deux cent cinquante feuilles, chacune étant isolée des autres par une couche de feutre.

On passait la pile sous une grosse presse, actionnée par quatre hommes. Après cette opération, il ne restait plus qu'à séparer les feuilles de papier des feutres. C'était la tâche réservée aux leveurs, qui devaient manipuler les feuilles humides avec beaucoup de précaution. On les portait enfin à l'étendoir pour les déposer à cheval sur des dizaines et des dizaines de mètres de fil. Trois jours plus tard, on les empilait de nouveau, cette fois à plat sous un poids, pendant quatre jours, pour éviter que le papier ne gondole.

Les lisseuses polissaient chaque feuille avec une pierre de silex, ce qui donnait un papier uni et doux sous la main. « Parfait », jugeait monsieur Vincent, un poète du cru.

Triées, empaquetées, les feuilles étaient alors livrées chez les clients. Les Viguier travaillaient avec un imprimeur avignonnais qui appréciait la qualité de leur production.

Timothée saisit une feuille lissée, l'observa à contre-jour :

— De la belle ouvrage, déclara-t-il, faisant rosir de plaisir Virginie, l'ouvrière lisseuse la plus proche de lui.

Il aimait l'odeur, et le grain du papier tout juste fabriqué.

Son père, appuyé sur sa canne, le rejoignit. L'humidité ambiante le faisait souffrir, sans qu'il n'en laissât rien paraître. Nicolas Viguier avait gardé des campagnes napoléoniennes une jambe raide et une balafre sur la joue, souvenir du coup de sabre d'un Russe. Ses yeux verts étaient étonnamment semblables à ceux de son fils. De haute taille, il se tenait bien droit.

— Satisfait, mon garçon ? s'enquit-il après lui avoir donné une brève accolade.

Un respect et une affection mutuels les animaient. Angélique Viguier les surnommait « les deux doigts de la main » avec une pointe de fierté.

Timothée sourit à Nicolas.

— Nous n'avons pas de raison de nous plaindre.

C'était la vérité. La culture de la garance avait favorisé l'essor économique du Vaucluse. Il fallait toujours plus de papier pour imprimer les documents officiels, les lettres de voiture ou les contrats. La vie culturelle connaissait également une embellie. Si la démarche que Timothée s'apprêtait à effectuer était couronnée de succès, il s'estimerait heureux.

Nicolas Viguier s'appuya légèrement sur l'épaule de son fils.

— Quand nous la présentes-tu ? reprit-il.

Timothée perdit contenance sous le regard tendrement ironique de son père.

— Vous la présenter ? De qui parlez-vous donc ?

L'œil de Nicolas Viguier se mit à friser.

— Tu ne vois pas ? On m'a raconté que tu voyais assez souvent une jeune fille l'isloise...

— Je vous la présenterai lorsqu'elle acceptera de m'épouser.

Le vieux papetier observa un silence prudent. C'était la première fois que son fils parlait de mariage. À vingt-sept ans, quoi de plus normal ? Timothée avait jeté sa gourme depuis longtemps, fréquentant les lavandières d'Avignon sur les bateaux-lavoirs ou les prostituées. C'était dans l'ordre des choses. Il considérait qu'un homme devait déjà avoir vécu avant de s'établir. Nicolas lui-même s'était marié sur le tard, à trente-cinq ans bien sonnés.

Mais, à présent, il avait hâte de voir son nom se perpétuer.

— Qu'as-tu appris sur elle ? demanda-t-il à Angélique, après qu'Isidore, leur cocher, l'eut ramené à la demeure familiale.

Mince et vive, la mère de Timothée paraissait plus jeune que ses cinquante-quatre ans. Elle portait une robe en taffetas vert mousse et un *casaco* noir, très ajusté à la taille et pourvu de manches longues.

Elle soutint le regard impatient de son époux.

— Rien n'est encore fait, lui dit-elle avec une certaine circonspection. La jeune fille est de bonne famille, et son père a du bien. Mais en tant qu'aînée, elle s'occupe de ses jeunes frère et sœur et la plus petite a une réputation de capricieuse.

Nicolas Viguier leva les yeux au ciel.

— Notre fils ne pouvait-il pas s'amouracher d'une fille unique ?

Depuis plusieurs générations, et ce malgré les menaces de la forte mortalité infantile, les Viguier pratiquaient un sévère contrôle des naissances afin de ne pas morceler le moulin à papier. Angélique aurait bien aimé avoir un second enfant, son époux s'y était toujours opposé. Elle n'avait pas oublié les méthodes parfois fantaisistes auxquelles ils avaient eu recours et se rappelait encore les remontrances du prêtre à qui elle se confessait.

Nicolas se carra dans sa chaise à bras, rendue plus confortable grâce à un jeu de coussins, et contempla quelques instants le feu sans mot dire. Il se retirait volontiers dans cette pièce qu'Angélique nommait « le salon de compagnie ». Des eaux-fortes sobrement encadrées, représentant Le Moulin des Sources, ornaient les murs. Une indienne assortie aux tentures recouvrait la table ronde destinée à accueillir les amis de Nicolas pour jouer aux cartes.

Face à lui, Angélique brodait. Le cartel en bronze doré trônant sur la cheminée de marbre blanc mouluré, encadré de girandoles à bougies, égrenait les minutes. L'heure était douce.

Nicolas appréciait tout particulièrement ces moments précédant le souper durant lesquels il songeait au passé.

« Nous verrons bien », conclut-il, pensant toujours à son fils et à son mariage.

Lui avait eu la chance d'épouser la femme qu'il aimait. Il souhaitait le même bonheur à Timothée.

3

1840

Sous le soleil de mai, le marché du mercredi battait son plein, sur la place de l'église. Poissons fraîchement pêchés dans la Sorgue, truites, anguilles, écrevisses à pattes blanches, volailles, fruits et légumes, fleurs, mouchoirs de cou, bijoux de pacotille, indiennes, châles, herbes médicinales s'échangeaient dans une atmosphère empreinte de bonne humeur.

Vêtu de ses plus beaux habits – pantalon et veste de drap noir, chemise blanche, gilet de velours et souliers à boucle –, Timothée marchait vite, comme pour tromper l'appréhension qui montait. Noëlie et lui avaient convenu de se retrouver devant le couvent des Ursulines, situé non loin de la collégiale, et il avait hâte de rejoindre la jeune fille. Depuis la nuit de la Chandeleur, ils s'étaient revus à plusieurs reprises, d'abord à la messe puis à l'occasion de différentes fêtes.

Dès le premier soir, Timothée avait décrété que Noëlie serait sa femme. L'un et l'autre n'avaient pas cherché à dissimuler leur attirance réciproque. Ils avaient échangé leur premier baiser à la mi-carême.

Ce soir-là, Noëlie avait su qu'il n'y aurait jamais un autre homme que Timothée. En la voyant rentrer, les yeux brillants et les joues empourprées, Catou comprit qu'il y avait quelque galant. Intuition qui se confirma quand elle trouva Noëlie plantée devant l'armoire de mariage que son père avait commandée pour elle le jour de son baptême. C'était une coutume bien ancrée dans le Comtat. L'armoire en noyer, ornée d'épis de blé et de cornes d'abondance, faisait partie des meubles que la jeune épousée apportait en dot.

Les étagères du bas et du haut étaient réservées aux grosses pièces : les draps, les courtepointes, les nappes et les serviettes de table. Celles du milieu, moins espacées, recevaient le linge de dessous. Enfin, deux tiroirs, accrochés à la planche médiane, étaient destinés aux bijoux, chapelet, missel et rubans.

— Eh bien, ma belle ? lança Catou.

Noëlie soutint son regard.

— Je n'aurais jamais pensé avoir hâte de quitter la maison de mon père.

La servante la serra contre elle.

— C'est la vie qui nous pousse, mon petit. Va-t-il venir bientôt faire sa demande ?

Noëlie acquiesça.

— Pourvu que le maître l'agrée ! soupira Catou.

Tout aurait été plus simple si Noëlie avait eu sa mère auprès d'elle. Elle aurait pu se confier à elle, lui demander de plaider sa cause auprès du père. La servante comme la jeune fille étaient perplexes quant à la réaction de Benoît Saurel.

Pour le moment, ce dernier était fort occupé à préparer la foire de Beaucaire, où il avait promis d'emmener ses enfants. Lucille était particulièrement excitée à cette perspective.

Noëlie saisit son châle sur une chaise.

— Je file, dit-elle à Catou, Timothée va m'attendre. Je te rapporte du poisson ?

— Je m'en occuperai, ma grande. Ne rentre pas trop tard.

La servante suivit d'un œil rêveur la silhouette menue de Noëlie. Elle portait ce jour-là une robe d'indienne bleu et blanc, un caraco attaché avec des liens de bourrette indigo, et un tablier en soie imprimée de roses. Elle s'était munie de son plus beau châle, provenant d'une fabrique de Nîmes.

« Pourvu que... », pensa Catou.

Elle referma lentement les portes de l'armoire. Elle avait beau savoir que c'était dans l'ordre des choses, elle se sentirait horriblement seule le jour où Noëlie déserterait la demeure familiale.

Benoît Saurel donnait ses instructions à son fils et à monsieur Vialla, son bras droit, tout en surveillant le chargement des dernières carrioles. Il escomptait beaucoup de cette foire après plusieurs années trop calmes. Lui, qui avait vécu la période faste du début du siècle, craignait fort de ne plus jamais en connaître de telle. Le blocus continental avait porté un coup sévère à la foire de Beaucaire qui, malgré un sursaut sous la Restauration, n'avait pas retrouvé l'affluence de l'Ancien Régime. Après 1830, l'épidémie de choléra avait fait fuir les vendeurs aussi bien que les acheteurs.

La ligne de chemin de fer Nîmes-Beaucaire, inaugurée en juillet 1839, avait suscité de nouveaux espoirs. Mais Saurel se demandait de plus en plus souvent si le concept même de foire n'était pas dépassé. Il ne ménageait pas sa peine, pourtant, entre la fabrique, les entrepôts et sa famille.

— Père ! vous avez de la visite, lui cria Émile.

Il fronça les sourcils en reconnaissant son aînée accompagnée d'un grand gaillard vêtu comme pour se rendre à des noces. Des noces… Il remarqua le visage tendu de Noëlie, et sut tout de suite à quoi s'en tenir, d'autant qu'on commençait à parler en ville.

Noëlie, qui paraissait de plus en plus mal à l'aise, lui présenta le fils Viguier.

« Peste ! il en impose », pensa Benoît Saurel.

Le garçon approchait de la trentaine. Il avait un regard franc, une poignée de main vigoureuse. Il eut recours à la formule usitée dans le Comtat :

— Bonjour, maître Saurel. Je viens parler avec votre fille Noëlie si elle y consent.

Benoît se tourna vers sa fille. Les joues empourprées, elle fit « oui » de la tête et le père répondit :

— Noëlie est libre.

Voyant que Timothée allait ajouter quelque chose, il s'empressa de préciser :

— Venez à la maison. Émile va vous accompagner. Je vous rejoins dès que possible.

Une heure plus tard, ils étaient réunis dans la salle et buvaient un verre de vin de figue tout en goûtant les financiers aux amandes de Catou. La pièce, de vastes proportions, était dotée d'une cheminée imposante, haute de six pieds, surmontée d'une hotte en chêne et encadrée de consoles. Le mobilier, la vaisselle blanche ornant le buffet haut, le potager, la pierre à évier et la batterie de cuisine en cuivre révélaient une maison aisée. Benoît Saurel désirait tout savoir. Comment les jeunes gens s'étaient rencontrés, si Timothée et Noëlie habiteraient la même maison que les parents Viguier, si ceux-ci se rendaient eux aussi à la foire de Beaucaire. Ce feu roulant de questions étonnait Noëlie. Elle qui avait tant redouté la réaction paternelle se demandait à présent pour quelle raison il avait donné son consentement aussi rapidement.

Elle n'osa pas lui faire part de sa surprise après le départ de Timothée. Émile, lui, n'y alla pas par quatre chemins :

— Le père était déjà au courant que tu fréquentais Timothée, lui dit-il entre deux portes. Pas par moi, mais tu connais les gens, il faut toujours qu'ils parlent… Il est ravi, les Viguier ont du bien.

Noëlie ouvrit la bouche pour protester, se ravisa.

À quoi bon se justifier, déclarer qu'elle aurait aimé Timothée tout autant, même s'il avait été boumian ou vagabond ? Son père, qui avait toujours travaillé dur, était obsédé par la peur de manquer.

— Nous te ferons de belles noces, déclara-t-il à son aînée, alors qu'elle couchait Lucille.

La petite s'accrochait à son cou.

— Tu ne vas pas nous quitter, dis ?

— Pas maintenant, promit Noëlie.

Malgré les explications d'Émile, elle restait convaincue qu'il y avait autre chose. Comme si son père avait été soulagé par la perspective de la voir quitter sa demeure...

Elle chassa cette pensée. Timothée était autorisé à lui « parler », ils allaient se marier !

Heureuse, elle se glissa sous les draps de métis qui fleuraient bon la lavande.

— Lucille, calme-toi, je t'en prie, répéta Noëlie.

Sa jeune sœur trépignait en réclamant des bonbons ; elle en avait vu, dans l'autre allée, du côté du château de Beaucaire qui dominait la prairie.

Épuisée par la chaleur et par la foule, Noëlie s'essuya discrètement le front. Ses cheveux, nattés, étaient humides. Elle avait l'impression de ruisseler sous la toile blanche de la tente plantée parmi des centaines d'autres sur le champ de foire chauffé à blanc.

— Quand je pense que père prétend que la foire de Beaucaire est beaucoup moins fréquentée qu'autrefois ! s'écria-t-elle.

Émile hocha la tête.

— Tout le monde le dit, pourtant. Père m'a raconté que l'été 1802, les ventes totales avaient dépassé quarante millions de francs. Tu imagines ?

Noëlie sourit.

— Pas vraiment. As-tu vu Timothée ?

Son fiancé lui avait promis de venir en compagnie de sa mère. Le voyage risquait en effet d'être trop fatiguant pour son père âgé.

— Vous êtes-vous fixé un lieu de rendez-vous ?

— Oui, devant la première fontaine, tout près de la porte Roquecourbe.

— Eh bien, vas-y ! Je garde la boutique.

Elle le remercia en lui sautant au cou avant de lisser ses cheveux et de coiffer son grand chapeau de paille.

— Je viens avec toi, décida Lucille.

— Tu as besoin d'un chaperon, glissa Émile, riant sous cape.

Sa sœur lui tira la langue.

L'afflux de produits donnait le tournis. Partout des montagnes de caisses, de balles, de barils, de sacs, de coffres, renfermant des balais, du thé, du coton, du café, du cacao, des salaisons, des pommades, des ivoires, des épées, des livres, des éventails, des miroirs, des soieries, de la bonneterie…

Les yeux écarquillés, Lucille ne savait plus où regarder. Elle serrait dans sa main la pièce que son père lui avait donnée.

— Fais bien attention, lui recommanda son aînée. Les voleurs sont légion par ici.

On racontait tant et tant de choses sur la foire de la Madeleine ! Lucille s'immobilisa devant une baraque en planches dont l'étal exposait perruques et… cheveux ! La fillette, d'un geste instinctif, tâta sa longue natte, comme pour vérifier qu'elle n'avait pas disparu. Noëlie sourit. Elle venait d'apercevoir la silhouette de son fiancé au pied de la porte Roquecourbe.

Tenant toujours Lucille par la main, elle s'élança vers Timothée. Il la reçut contre lui.

— Je me suis langui de vous, Noëlie, lui dit-il tendrement.

Il était seul. Comme elle s'en étonnait, il lui expliqua que sa mère était restée à Vaucluse auprès de son père souffrant.

— Rien de grave, précisa-t-il, une simple indisposition.

Il lui offrit son bras.

— Venez, ma mie, je crois que, sur le petit cours, le long du rocher du château, se regroupent les marchands de faïence, de porcelaine et de cristaux. Voyons si nous tombons d'accord...

— Et mes bonbons ? protesta Lucille.

— Nous t'en achèterons en regagnant notre tente.

Noëlie ne ressentait plus la chaleur, ni la soif. Elle avançait au même pas que son fiancé, et se sentait heureuse.

Leur avenir ne s'annonçait-il pas radieux ?

4

1840

Les cloches de la collégiale sonnaient à la volée. Une assistance nombreuse avait accompagné Noëlie, l'enfant du pays, à l'occasion de ses noces avec Timothée Viguier. Lorsque la jeune fille était apparue au bras de son père sur la place de l'église, un murmure admiratif avait parcouru la foule. Noëlie était ravissante dans sa robe d'indienne ivoire imprimée de bouquets bleus, retroussée sur un superbe jupon de mariage en boutis blanc, brodé de guirlandes de lauriers et de grappes de raisin, et ornée d'un fichu en tulle. Quelques mèches brunes s'échappaient de sa coiffe à canons.

Les parents des *novi* avaient tenu à ce que tout se déroule dans les règles. Angélique Viguier, conduite par le cocher de sa maison, avait fait le tour de la famille et des relations afin de « faire savoir » le prochain mariage de son fils. La mère de Noëlie étant décédée, c'était sa tante Barbe qui avait accompagné Angélique tout au long de sa tournée. Barbe, veuve, était couturière à L'Isle. Elle avait coupé et taillé la robe de la mariée.

Choisir une date pour le mariage avait été relativement facile vu le nombre d'interdits qui réglementaient la vie dans le Comtat. Il n'était pas question, en effet, de se marier pendant le carême, ni en mai, ou encore de juin à août, mois réservés aux travaux de la terre. Novembre était consacré aux défunts, et décembre aux fêtes calendaires. Il ne restait donc plus que septembre ou octobre.

Barbe répétant avec force que le chiffre neuf portait malheur, les jeunes gens, en accord avec leurs parents, avaient retenu le premier samedi d'octobre.

Se marier un vendredi était proprement inconcevable... Noëlie avait renoncé à discuter les interdictions de Barbe qui, en tant que sœur aînée de sa mère, avait tout pris en charge.

Elle avait éprouvé un sentiment bizarre en rangeant son trousseau dans sa malle. Soigneuse, elle glissait, entre chaque pile de draps et de serviettes, des feuilles de papier de soie ainsi que des sachets de lavande. Ce jour-là, elle avait songé qu'elle s'apprêtait à quitter une maison familière pour une nouvelle vie.

Serait-elle à la hauteur ? S'entendrait-elle bien avec Angélique ? Certes, la mère de Timothée lui avait réservé un accueil chaleureux mais Noëlie redoutait de vivre sous son toit.

— Deux maîtresses de maison ne pouvaient faire bon ménage, marmonnait Catou, ce qui inquiétait fort la jeune fille.

La servante allait répétant :

— *De dos fremo dins la maisoun, de la mita li a proun*[1].

Timothée riait de ses alarmes :

— Vous verrez, ma mie, la demeure est vaste.

Son futur beau-père lui paraissait plus accommodant, bien qu'il ne fût guère bavard. Chez les Saurel, on riait, on parlait fort, les portes claquaient… un monde à l'opposé de l'univers feutré des Viguier. Au fond d'elle-même, cependant, Noëlie n'avait pas peur parce qu'elle partagerait la vie de Timothée.

Aussi avait-elle réprimé un sourire lorsque sa tante Barbe lui avait fait ses dernières recommandations. La mariée ne devait pas chanter le jour de son mariage, ni essayer son alliance auparavant, ni porter une bague de fiançailles ornée d'une pierre laiteuse. Barbe avait également insisté pour que, le jour de la noce, juste avant de partir pour l'église, Benoît Saurel présentât à sa fille un verre plein d'eau dans lequel il aurait fait tomber une pièce d'argent.

La future mariée devait boire l'eau, prendre la pièce, et fondre en larmes en signe de désespoir à la perspective de quitter sa famille. Mais le père et la fille avaient refusé tout net de sacrifier à cette coutume.

— Cela ne rime à rien ! avait tonné Benoît. Ma fille sait très bien que la porte de cette maison lui

---

1. Il y a bien assez d'une seule femme dans un ménage.

sera toujours ouverte, tout comme je sais qu'elle est heureuse de s'unir à Timothée.

Barbe avait serré les lèvres en bougonnant. Catou, dans son dos, lui avait tiré la langue, ce qui avait fait sourire Noëlie et son père. Le maître de maison commençait à penser, en effet, que sa belle-sœur en prenait un peu trop à son aise dans sa propre demeure !

Benoît Saurel pressa la main de sa fille.

— Ton fiancé t'attend.

Noëlie avait toujours admiré la collégiale Notre-Dame-des-Anges, à la décoration remarquable, derrière sa façade de style jésuite. Quand elle remonta la nef au bras de son père, elle ne prêta pas attention aux invités ou à leurs connaissances debout dans les travées. Elle ne vit que Timothée, qui l'attendait, dans son habit noir, devant l'autel de marbre polychrome. Un élan la poussa vers lui et elle accéléra le pas, sans même en avoir conscience. Attendri, son père esquissa un sourire.

— Bonne route, ma fille, lui dit-il après l'avoir conduite à Timothée.

La gorge serrée, Noëlie hocha la tête. Elle regarda Timothée. Et se sentit en sécurité.

Elle vécut la cérémonie comme un rêve. Elle se tenait auprès de l'homme qu'elle aimait, s'engageait à le chérir pour la vie et rien d'autre n'importait.

Elle connaissait bien le père Augustin, qui l'avait baptisée, comme son frère et sa sœur, mais il aurait pu aussi bien être remplacé par un inconnu, elle ne s'en serait pas rendu compte.

Elle reconnut plusieurs visages lorsque son mari et elle se dirigèrent vers le parvis. Catou s'essuyait le visage, ses amies Albertine et Clarisse lui adressaient des signes discrets. Lucille boudait encore malgré la robe « de grande » qu'elle étrennait. Les parents de Timothée, ses oncles, tantes et ses cousins étaient venus de Vaucluse, de Pernes-les-Fontaines et de Digne-les-Bains.

— J'ai envie de crier tant je suis heureuse, souffla-t-elle à son époux.

Une foule nombreuse se pressait à la sortie de la collégiale en formant une haie. Les plus jeunes du cortège, Émile et Lucille en tête, étaient chargés de lancer des dragées à la volée, le plus loin possible des *novi*. Les enfants se ruaient sur les bonbons dans une joyeuse mêlée qui s'achevait fatalement par un échange de coups.

Précédé par la musique, le cortège s'achemina vers un grand jardin appartenant aux Saurel, où les tables étaient dressées.

— Timothée.

La voix était implorante. Noëlie se tourna vers la personne. C'était une belle femme d'environ vingt-cinq ans, aux cheveux blonds et aux yeux gris. Elle portait une robe fleurie et tenait un garçonnet par la main. Noëlie enregistra tous ces détails presque machinalement. Elle aurait aussitôt oublié l'inconnue si elle n'avait pas senti la main de son époux se crisper sur son bras.

— Timothée, chuchota-t-elle. Tout va bien ?

Il ne lui répondit pas immédiatement. Il regardait la jeune femme et paraissait extrêmement contrarié. Son malaise gagna Noëlie.

— Que se passe-t-il donc ? s'inquiéta-t-elle.

Elle vit son beau-père fendre la foule et aller parler à la femme. Celle-ci secouait la tête de droite à gauche, et le ton montait.

— Hâtons-nous, ma douce.

Elle s'entendit lui demander : « Pour quelle raison ? » Elle avait l'impression que quelque chose de grave se produisait, et qu'il lui manquait les clefs nécessaires pour deviner de quoi il s'agissait.

La jeune femme cria quelque chose, qu'elle-même ne comprit pas. Elle vit son beau-père lever sa canne, comme s'il avait eu l'intention d'en frapper l'inconnue, et elle poussa un cri. La femme finit par disparaître dans la foule, en tirant l'enfant derrière elle. Un murmure parcourut l'assistance, s'enfla. Les yeux de Catou flambèrent.

— Venez, Noëlie, reprit Timothée d'une voix altérée.

Il était très pâle. Elle lui caressa la joue d'un geste empreint d'amour.

— Connaissez-vous cette jeune femme, Timothée ?

Il soupira.

— C'est une vieille histoire. Je vous la conterai lorsque nous serons chez nous mais, je vous en conjure, n'y accordez pas d'importance.

Elle s'efforça de suivre son conseil pendant le repas de noces.

Les plats se succédaient. Catou et Donatienne, la cuisinière embauchée pour l'occasion, avaient rivalisé de talent. Soupe de petit épeautre, caillettes aux herbes, pâté de grive, perdrix aux lentilles, civet de lièvre, pintades aux morilles, assortiment de fromages et de desserts, arrosés de vin de Châteauneuf, composaient un menu alléchant mais Noëlie y toucha à peine.

L'émotion, la contrariété provoquée par l'incident survenu à la sortie de la collégiale lui avaient coupé l'appétit.

Elle se rappela brusquement un détail alors que Catou servait le café, accompagné d'amandes.

Le petit garçon avait des yeux verts, de la même teinte que ceux de Timothée.

5

1840

La résidence de la famille Viguier, bâtie au début du XVIIIe siècle, était une bastide cossue, crépie d'un jaune très pâle et coiffée d'un toit de tuiles à triple génoise. Située en bordure de Sorgue, elle était particulièrement agréable en été. Le parc abritait figuiers, chênes verts, platanes et saules.

Angélique avait remis à sa belle-fille les clefs de la maison dès le premier soir.

— Vous êtes ici chez vous, Noëlie, avait-elle déclaré, et la jeune femme avait rougi.

Chez elle, dans cette demeure imposante, bien plus vaste que la maison Saurel ? Heureusement, Timothée était à ses côtés et avait entrepris de lui faire visiter leurs appartements. Grande chambre ouvrant sur le parc, cabinet de toilette attenant et petit salon formaient une suite agréable, dans un camaïeu de bleu.

— Surtout n'hésitez pas à changer le mobilier, si la décoration ne vous convient pas, avait encore recommandé la maîtresse de maison.

Noëlie l'avait remerciée d'un sourire. Elle se sentait lasse. Nombre de questions se bousculaient dans sa tête. Pourquoi son beau-père s'était-il ainsi énervé sur le parvis de Notre-Dame-des-Anges ? Pourquoi Timothée avait-il paru aussi troublé ? Qui étaient la femme et l'enfant aux yeux verts ? Durant le repas de noces, elle avait surpris le terme sans équivoque de « bâtard » et, bouleversée, elle s'était sentie horriblement mal à l'aise.

Dès qu'Angélique avait pris congé, Noëlie s'était retournée vers son époux :

— Cet enfant, ce matin... s'agit-il de votre fils ?

Jamais, lui semblait-il, elle n'oublierait l'expression de Timothée, de douleur et de colère mêlées. Il avait voulu l'attirer contre lui, elle s'était raidie. Alors, il avait chuchoté, d'une voix empreinte de lassitude :

— Je l'ignore. Et j'ai bien peur de n'avoir jamais de certitude à son sujet.

Tout en soutenant le regard de sa femme, il avait raconté. Il était encore jeune, vingt et un ans à peine, et il s'amusait. C'était la règle : les garçons avaient le droit de jeter leur gourme avant de se marier. C'était même recommandé... Il avait ainsi rencontré une jeune ouvrière agricole de Velleron. Elle se louait à la semaine ou au mois, et n'était point farouche. Ils avaient passé quelques dimanches ensemble. La fille était mignonne, mais vénale. Elle réclamait des colifichets, des bijoux. Timothée, lassé, l'avait quittée environ un mois plus tard. Elle l'avait alors relancé à plusieurs reprises sans qu'il cédât à ses avances. Quatre mois plus tard, elle était venue au moulin. Sa grossesse commençait à se remarquer sous son grand tablier jaune.

Noëlie avait gardé le silence mais sa pâleur subite révélait son émoi. Timothée avait poursuivi son récit. La jeune femme – elle s'appelait Jeanne – avait réclamé à grands cris de l'argent, et le mariage. L'enfant qu'elle portait était, selon elle, celui de Timothée.

Le fils de Nicolas Viguier avait écarté les mains en signe d'impuissance.

— Comprenez-moi, Noëlie… Je n'avais pas la moindre assurance puisque Jeanne était réputée facile. Je n'étais pas le premier, et elle m'a vite remplacé. C'eût été faire injure à mes parents que d'épouser une fille comme elle. De plus, je n'éprouvais pas de sentiments pour elle.

D'un geste vif, Noëlie avait appliqué la main sur la bouche de son mari.

— C'est votre histoire. Elle ne me concerne pas. Nous ne nous connaissions pas à l'époque. L'enfant, en revanche, me préoccupe. Comment savoir ?

Timothée avait esquissé un sourire désenchanté.

— J'ai bien peur d'ignorer à jamais la vérité. Rassurez-vous, je ne suis pas un monstre. Mon père, à l'époque, a donné une certaine somme à Jeanne et ma mère a fait le nécessaire pour qu'elle accouche à l'hôtel-Dieu de Carpentras. Je n'avais plus eu de ses nouvelles… jusqu'à ce jour.

Le silence obstiné de Noëlie l'avait inquiété.

— Il n'y a que toi, avait-il poursuivi, la saisissant

aux épaules. Toi seule. Je t'aime, Noëlie. Elle… elle n'a jamais compté.

Elle l'avait repoussé, sans même en prendre conscience.

— Laissez-moi un peu de temps, Timothée.

Ce soir-là, il avait maudit Jeanne, tout en arpentant le parc.

Il lui avait fallu plusieurs jours pour apprivoiser son épouse. Il la sentait tendue, sur la défensive. Patiemment, Timothée l'avait amadouée. Il lui avait fait découvrir la fontaine, la maison de Pétrarque, et l'avait conduite jusqu'aux ruines du château des évêques de Cavaillon. Le paysage alentour présentait un chaos de roches d'une beauté émouvante.

— Il y a plus de cinq cents ans, Pétrarque a suivi ces mêmes chemins, expliqua Timothée.

Sa famille le vénérait.

— Je connais fort peu de choses à son sujet, confia Noëlie.

Pour sa part, Timothée était familier du poète depuis l'enfance. Pour Noëlie, il retraça l'histoire de François Pétrarque, né en Italie en juillet 1304 d'un notaire florentin banni pour raisons politiques.

— Je crois bien que j'ai appris des passages entiers du *Canzoniere* quand j'étais encore adolescent, avoua-t-il. Pétrarque, qui avait toujours critiqué Avignon et l'appelait « la nouvelle Babylone », tomba sous le charme, en 1327, le 6 avril précisément, d'une jeune fille de dix-neuf ans prénommée Laure. Il l'a écrit plus tard :

Laure [...] apparut à mes regards pour la première fois au temps de ma jeunesse en fleur, l'an du Seigneur 1327, le 6 avril, à l'église de Sainte-Claire d'Avignon, dans la matinée.

Timothée sourit.

— L'un de mes ancêtres a consacré une partie de sa vie à étudier les archives de Vaucluse. On n'a jamais vraiment su qui était Laure. Plusieurs hypothèses s'opposent. On parle le plus souvent de Laure de Noves, épouse d'Hugues de Sade, mais aussi de Laure de Cabrières, de Laure des Baux, de Laure du Thor ou de Laure de Lagnes...

Pour la première fois depuis leurs noces, Noëlie esquissa un sourire.

— Le choix est vaste !

— Mon grand-père prétendait (et il n'était pas le seul à défendre cette conception) que Laure n'avait peut-être même pas existé. Il pourrait s'agir de l'idéal féminin de Pétrarque.

— Qui croire, alors ?

— Il suffit de suivre son intuition. Moi, j'ai toujours accordé foi à cet éblouissement, à Avignon. Pour nous, c'était au bord de la Sorgue...

Timothée se pencha vers sa jeune femme. Il la saisit aux épaules, plongea son regard dans ses yeux bleu foncé.

— Vous avez compris, n'est-ce pas, dès notre première rencontre, que nous étions destinés l'un à l'autre ? Je ne voyais que vous...

Sa voix était douce, ses lèvres sur les siennes

exigeantes. En bas des ruines du château, coulait la Sorgue, impétueuse et mystérieuse. Noëlie aurait voulu avoir la force de rejeter son mari, de le renvoyer vers cette Jeanne dont le regard chargé de haine l'avait brûlée, le jour de ses noces. Mais comment aurait-elle pu le faire, alors qu'elle l'aimait si fort ? Elle s'abandonna à ses baisers, en se promettant de ne plus penser à Jeanne ni à l'enfant.

Timothée, la portant presque, l'entraîna en courant vers la bastide. Les cheveux de Noëlie coulèrent sur ses épaules. Les joues rougies par la course, elle se laissa aller contre son mari.

— Viens…, la pressa-t-il.

Ils entendaient des voix dans l'office. Ils se glissèrent dans l'escalier et s'enfermèrent dans leur chambre.

Devant le feu qui éclairait la pièce, Timothée aida son épouse à se dévêtir. La jupe à imprimé ramoneur, les jupons déchirés par les rochers, le châle, le caraco, la chemise, et enfin les bas de coton blanc. Depuis le premier soir, à la Chandeleur, il rêvait de son corps. Il poussa un gémissement de désir en l'attirant contre lui. Les boutons de sa veste meurtrirent les seins nus de Noëlie. L'un et l'autre n'y prêtèrent pas attention.

Plus tard, après l'amour, alors que Noëlie était blottie contre lui dans le grand lit à quenouilles, Timothée lui chuchota :

— Je t'aime, ma tendre et douce. Pour toujours.

Elle ne demandait qu'à le croire.

6

1840

La neige était tombée en abondance à compter du 17 décembre. Une neige collante, qui s'accumulait sur les branches des arbres, se brisant sous leur poids.

— Hé ! s'il neige à Noël, c'est bien naturel ! répondit Coline, la servante de la bastide, à sa maîtresse qui se lamentait.

On attendait du monde pour les fêtes, notamment le frère d'Angélique, qui habitait Digne, et elle se demandait s'il pourrait voyager sans encombre.

Coline, fatiguée par les exigences d'Angélique, avait accepté de bon cœur les offres de service de « Madame Noëlie ». Toutes deux s'affairaient dans la vaste cuisine dont les cuivres étincelaient. Dès le premier jour, Noëlie avait admiré le potager carrelé et ses braseros conçus pour un mijotage idéal. En effet, de petits portillons, équipés de volets réglables, permettaient de contrôler le tirage et la combustion des braises.

Il fallait non seulement confectionner les terrines de gibier et de poisson pour recevoir les hôtes mais aussi préparer les papetons d'aubergines, les caillettes et les desserts. Dès qu'il pénétrait dans la cuisine, Timothée s'immobilisait sur le seuil. Les narines dilatées, il humait les effluves de truffes, de gibier, de cognac et d'épices mêlées. Il s'élançait alors vers Noëlie, la faisait tournoyer dans ses bras avant de lui planter un baiser sur les lèvres.

— Ça sent drôlement bon, madame Viguier !

Ils riaient tous deux, sous le regard attendri de Coline. Depuis le mariage des jeunes gens, la vie était revenue dans la vieille demeure. Coline appréciait le fait que Madame Noëlie ne fût pas fière, comme elle le disait à Isidore, le cocher des Viguier.

Gaie, rieuse, elle s'intéressait à tout et s'entendait aussi fort bien avec son beau-père. En revanche, ses relations avec son épouse étaient plus délicates. Comme Catou l'avait redouté, Angélique Viguier ne renonçait pas à ses prérogatives et entendait continuer à régenter toute la maisonnée. Cette attitude provoquerait certainement des frictions un jour ou l'autre entre les deux femmes, d'autant que, les années passant, le caractère d'Angélique s'aigrissait.

— Ne bougez pas, Coline, je vais apporter le thé au salon, proposa Noëlie.

C'était une coutume adoptée par les Viguier depuis leur séjour en Grande-Bretagne. Chaque jour, à dix-sept heures précises, les époux prenaient le thé, accompagné de biscuits, eux, typiquement provençaux : financiers, navettes et croquets aux amandes. Les croquets de Coline étaient particulièrement savoureux et Angélique en était fort friande.

— Quelle bonne idée de vous joindre à nous, mon enfant ! s'écria Nicolas Viguier en voyant Noëlie pénétrer dans le salon de compagnie.

Sa femme sourit d'un air contraint. Elle paraissait bouleversée, ses mains tremblaient.

Noëlie servit le thé sans mot dire et tendit à Angélique une tasse en porcelaine blanche décorée de pivoines roses. Sa belle-mère la remercia d'un pâle sourire. Elle semblait si affectée que Noëlie s'enhardit à lui demander si elle allait bien.

Les époux échangèrent un regard indéfinissable. Ce fut Nicolas qui répondit à sa belle-fille après avoir marqué une hésitation :

— Ne faites pas attention, ma petite fille, lui dit-il. J'ai lu dans le journal une information qui a ravivé chez nous bien des souvenirs.

Noëlie attendit poliment. Son beau-père soupira.

— Il s'agit du retour des cendres de Napoléon, précisa-t-il.

Il entreprit alors de raconter à la jeune femme que le rapatriement du corps de l'Empereur était un sujet sensible depuis le début de la monarchie de Juillet. On en parlait beaucoup… sans que Louis-Philippe parvînt à se décider. Il redoutait, en effet, des manifestations bonapartistes. Monsieur Thiers, pourtant, était parvenu à le convaincre et le prince de Joinville était parti à bord de *La Belle Poule* avec pour mission de ramener les cendres de Napoléon qui reposaient dans la vallée du Géranium à Sainte-Hélène.

— Le cercueil de Napoléon a remonté la Seine. Louis-Philippe pensait que cela éviterait tout débordement politique, expliqua Nicolas Viguier.

De nouveau, il marqua une pause.

— Comme si nous pouvions l'avoir oublié, reprit-il d'une voix que l'émotion enrouait. Quand le cercueil de notre Empereur a débarqué à Courbevoie, ses anciens soldats l'ont veillé toute une nuit lors d'un dernier bivouac. J'aurais tant aimé retrouver là-bas d'anciens camarades !

De nouveau, les époux se regardèrent. Noëlie n'osa pas poser de questions mais elle pressentait qu'il y avait autre chose, quelque secret que partageaient Angélique et Nicolas. Désireuse de changer de sujet, elle pria sa belle-mère de lui détailler les liens de parenté unissant les invités.

Angélique s'exécuta volontiers.

— Voyons… nous aurons mon frère, Hyacinthe, Pauline, sa femme, et leur fille, Madeleine. Le cousin de mon mari, Valentin, fera le voyage depuis Avignon. Mademoiselle Gilberte, sa gouvernante, l'accompagnera. Viendront aussi nos amis Gauthier, de Saint-Rémy, et leurs enfants, Bertille et Pierre.

— Nous serons donc treize, fit remarquer Noëlie sans malice.

— Malheur ! Angélique se signa précipitamment. Comment n'y ai-je pas pensé ? Nicolas, vous vous êtes bien gardé de me le dire !

— Pardi, je ne supporte pas ces superstitions de vieille femme ! répliqua le maître de maison, tout en adressant un clin d'œil complice à Noëlie.

Son épouse ne l'écoutait déjà plus. Se servant un financier, elle réfléchissait à voix haute.

— Voyons… qui pourrions-nous bien inviter pour ne plus être treize à table ? Votre notaire, mon ami ? Il est veuf, je crois, c'est parfait…

Nicolas manqua s'étrangler.

— Vous voulez m'imposer la présence à *ma* table de ce vieux radoteur de Plessis ? Tout cela à cause de je ne sais quelle stupidité ! Vous déraisonnez, ma pauvre amie !

Riant sous cape, Noëlie songea qu'Angélique n'avait pas dit son dernier mot. Même si elle élevait rarement la voix, la mère de Timothée parvenait le plus souvent à ses fins.

Et, Noëlie était prête à le jurer, maître Plessis partagerait leur « gros souper ».

Elle pensa à sa propre famille et son visage se rembrunit. Elle avait rapidement deviné la raison pour laquelle son père avait accepté aussi facilement l'idée de son mariage. Il n'avait pas attendu trois mois avant d'amener dans la maison familiale de L'Isle-sur-la-Sorgue une jeune veuve qui n'avait pas vingt-cinq ans.

— *Bello fremo, marrido espigno*[1], avait marmonné Catou avec un claquement de langue.

La jeune femme, qui se prénommait Marion, avait eu des mots dès le premier jour avec Lucille.

Sa sœur écrivait à Noëlie des lettres déchirantes. Elle, qui avait toujours été gâtée par son père, se sentait désormais abandonnée.

— Elle a persuadé père que je devais aller au couvent, avait-elle raconté à Noëlie. Tu te rends compte ? Je vais mourir d'ennui chez les sœurs de Carpentras !

Noëlie aurait aimé la garder avec elle mais Catou l'en avait dissuadée.

— Tu es jeune mariée, tu vis déjà chez tes beaux-parents… Crois-moi, Lucille ferait voler ton ménage en éclats et ce sans le moindre remords ! Ta sœur est bien mignonne… tant qu'on fait ce qu'elle demande ! Elle est beaucoup trop capricieuse pour se plier aux règles d'une maison inconnue. Et puis… franchement, la pension devrait lui faire du bien !

Le cœur lourd, Noëlie s'était inclinée. Elle savait bien au fond d'elle-même que Catou avait raison mais elle ne pouvait s'empêcher de se sentir coupable. Elle n'avait pas osé en parler à Timothée.

Fils unique, il ignorait tout des liens fraternels. De plus, Lucille lui avait battu froid dès le premier

1. Belle femme, mauvaise épine.

jour. Elle ne pouvait s'empêcher de penser que Timothée lui avait volé sa sœur.

Elle rapporta le plateau à la cuisine, appuya le front contre le carreau glacé. Elle ressentait parfois une solitude intense. Elle se sentait isolée à la bastide. En général, il suffisait que Timothée rentre et la serre dans ses bras pour que ce sentiment se dissipe.

Elle était heureuse même si elle avait l'impression que son bonheur ne serait pas complet tant qu'ils n'auraient pas d'enfant.

7

1840

En bonne catholique, Angélique Viguier avait gardé l'habitude de dresser chaque année sa crèche. Elle se rappelait que, sous la Révolution, il fallait dissimuler les figurines, interdites, tout comme la messe de minuit ou les autres offices.

Elle préparait avec beaucoup de minutie le décor, constitué de mie de pain, de carton-pâte, et de rameaux de buis figurant les arbres. Elle reconstituait ainsi un village provençal avec ses maisons, son four, son puits, sa chapelle et sa placette.

Noëlie la regardait faire, sans oser toucher aux *santoun*, les petits saints, qui se transmettaient dans la famille d'Angélique de mère en fille.

— Tu vois, lui dit sa belle-mère, je vais tous les hivers à Marseille sur les allées de Meilhan afin d'y acquérir de nouveaux personnages. Parce que, même si je possède déjà beaucoup de santons, je cherche toujours celui qui me manque.

Elle lui expliqua que la dimension de la crèche

provençale était non seulement chrétienne mais aussi villageoise. On ne représentait pas vraiment les personnages bibliques mais avant tout ceux de la Provence, le curé, le meunier, le boulanger, l'étameur, la marchande de poissons ou la porteuse d'eau.

Noëlie aimait particulièrement les bergers et le couple de boumians, de bohémiens. À L'Isle, sa mère fabriquait elle aussi une crèche, beaucoup plus dépouillée.

Si Noëlie se souvenait de l'oncle Hyacinthe et de la tante Pauline, elle ne connaissait pas le cousin Valentin ni les Gauthier. Elle redoutait un peu de se retrouver face à des inconnus mais Timothée sut la rassurer.

— Tu seras la plus belle, lui avait-il dit. Et puis, je t'aime.

Elle apporta grand soin à sa tenue. Dès son installation à la bastide, sa belle-mère avait insisté pour l'emmener chez sa couturière, qui œuvrait à Pernes. Mademoiselle Sidonie tenait boutique tout près de la fontaine du Cormoran.

Lorsqu'on poussait sa porte, ce qui faisait sonner un carillon aigrelet, on pénétrait dans un monde féminin à l'excès, dans lequel la profusion d'étoffes et de dentelles vous donnait le tournis. Mademoiselle Sidonie, petite personne au visage anguleux, toute de noir vêtue, scrutait sa nouvelle pratique avant d'annoncer, d'un ton sans réplique : « Pour vous, ce sera du vert », ou du bleu. Elle affirmait qu'il fallait de la couleur, beaucoup de couleur, et possédait un stock incroyable d'indiennes, de taffetas, de velours et de soies. Elle avait présenté plusieurs catalogues à Noëlie non sans lui avoir précisé au préalable que, de toute manière, elle savait déjà quels modèles lui conviendraient le mieux. Cette attitude aurait pu être agaçante mais Noëlie s'était tout de suite sentie en confiance. Elle avait choisi un velours couleur cerise, une teinte audacieuse qu'elle n'aurait jamais osé porter si elle n'avait pas été mariée, ainsi qu'un taffetas vert émeraude aux reflets changeants. Angélique avait approuvé son choix :

— C'est fort bien, ma chère.

Sa belle-mère avait marqué une pause avant de reprendre :

— Bien sûr, il faudra vous constituer une autre garde-robe le temps de votre grossesse.

Noëlie s'était sentie rougir sous le regard perçant d'Angélique. Deux mois de mariage et pas encore d'espérance… à quoi pensait-elle donc ? Elle s'efforçait de ne pas y prêter trop attention, tout en sachant qu'elle s'illusionnait. On attendait d'elle l'héritier. Elle parvenait à en plaisanter avec Timothée, dans le secret de leur chambre.

— Il faut tout de même nous laisser un peu le temps…, chuchotait-elle.

Timothée la réconfortait tendrement.

— Tu te fais des idées, ma mie, lui affirmait-il.

Le soir du 24 décembre, Noëlie étrennait sa robe de velours. Timothée venait de lui offrir une chaîne d'or. Elle avait relevé ses cheveux sombres en un chignon torsadé, dégageant son cou délicat. La robe cerise avivait son teint naturellement pâle. Elle se sentait belle, comme le lui avait assuré son mari. Un regard admiratif de l'oncle Hyacinthe le lui confirma. Elle s'avança vers les invités rassemblés dans le hall de la bastide. Certains, comme les Gauthier, portaient encore leurs manteaux poudrés de neige. Tous parlaient du mauvais temps qui avait failli les faire renoncer à leur voyage.

Angélique, souriante, allait de l'un à l'autre. Noëlie l'aida à débarrasser leurs hôtes de leurs pelisses et de leurs couvre-chefs. Il faisait frais dans le vestibule dont le dallage en damier se réchauffait d'un tapis à dominante rouge.

— Venez près de la cheminée, proposa la maîtresse de maison.

Nicolas les attendait dans le salon de compagnie. Il se leva lourdement pour les accueillir. Hyacinthe et Pauline, la cinquantaine alerte, étaient plus sympathiques que leur fille Madeleine, au visage renfrogné.

— Son état de vieille fille lui déplaît fort, avait confié Timothée à Noëlie. Malgré sa dot, les soupirants ne se bousculent pas sous son balcon !

Le cousin Valentin et mademoiselle Gilberte dissimulaient mal leur harmonie. Coline ne s'était pas gênée, la veille, pour tenir informée la jeune femme :

— Ces deux-là vivent comme mari et femme, même s'ils ne sont pas passés devant monsieur le curé ! Mais Madame tient à « faire comme si ». Elle devient de plus en plus bigote. Alors, Louison, la petite bonne, prépare deux chambres bien que le lit de monsieur Valentin ne soit jamais défait.

Elle avait levé les yeux au ciel.

— Les apparences... c'est très important pour Madame.

Mademoiselle Gilberte avait beaucoup de charme dans sa robe de mérinos bleu paon. Presque autant que madame Gauthier, ravissante brune aux grands yeux sombres, et sa fille Bertille, dont la beauté « promettait ».

Coline servit à la ronde du vin de Beaume-de-Venise, accompagné d'oreillettes. La cheminée ronflait, les dames laissaient glisser leurs châles de leurs épaules. Angélique jetait de fréquents coups d'œil au cartel du salon.

— Pardi ! Maître Plessis est en retard ! souffla Timothée à sa jeune femme.

Treize à table ! Sa belle-mère risquait fort d'en faire une jaunisse.

Riant sous cape, Noëlie fit passer le plat d'oreillettes, délicieusement craquantes et parfumées à la fleur d'oranger. Autour d'elle, on parlait politique, commerce et transports. Monsieur Valentin était courtier en poudre de garance à Avignon. L'oncle Hyacinthe était magistrat et les Gauthier possédaient une compagnie de diligences. Hyacinthe se plaisait à répéter que le troisième ministère Soult, dominé par Guizot, allait favoriser la bourgeoisie d'affaires tandis que Rodolphe Gauthier critiquait le chemin de fer, à l'origine, selon lui, de nombreux maux.

— Le progrès, monsieur Gauthier, protesta Timothée. Que faites-vous du progrès ?

Ce fut un beau tohu-bohu. Il était de bon ton de se défier de ce fameux progrès technique qui risquait de bouleverser la société française. Le maître de maison fut parmi les premiers à rappeler l'importance des traditions. Madeleine en profita pour faire remarquer d'une voix flûtée que l'épouse du duc d'Orléans, la princesse Hélène de Mecklembourg, avait insisté pour qu'on suivît à Paris la coutume germanique du sapin de Noël. Angélique haussa les épaules.

— Une coutume étrangère ! Elle n'aura aucun succès chez nous !

La voyant toujours soucieuse car maître Plessis n'était pas encore arrivé, Noëlie lui glissa :

— Vous pourrez peut-être inviter monsieur le curé à venir partager le gros souper, et sa belle-mère se rasséréna.

On se prépara donc en toute sérénité pour se rendre à la messe de minuit.

— Ne comptez pas sur moi, prévint le cousin Valentin, alors que tout le monde grimpait à l'étage faire un brin de toilette et se vêtir encore plus chaudement. Mademoiselle Gilberte priera pour moi, reprit-il en adressant un clin d'œil complice à son hôte.

Nicolas rappela que, conformément à ses convictions, il ne se rendrait pas, lui non plus, à l'office.

— J'ai peur que nous ne formions une curieuse famille, confia Timothée à Noëlie. Mon père et ma mère, bien qu'étant un couple uni, n'ont jamais pu s'accorder sur le sujet de la religion. Mon père a combattu dans l'armée napoléonienne, il en est revenu libre-penseur. Quant à Valentin, il s'est souvent vanté de « bouffer du curé » dès le petit déjeuner.

Noëlie plaqua une main sur sa bouche.

— Ciel ! Moi qui ai conseillé à ta mère de convier monsieur le curé pour le gros souper !

Timothée éclata de rire.

— Ma pauvre chérie, je crains fort qu'il ne refuse !

En effet, le prêtre, étant déjà sollicité par d'autres paroissiens, déclina poliment l'invitation d'Angélique.

Malgré le froid, l'atmosphère dans l'église était chaleureuse. Noëlie pria avec ferveur pour sa famille. Ils lui manquaient tous, à commencer par Catou. Timothée lui avait promis de l'accompagner à L'Isle le premier de l'an.

— Brr ! frissonna Pauline, qui avait pourtant pris la précaution de se munir d'une chaufferette.

La neige avait cessé mais une température polaire, accentuée par le vent, enveloppait Vaucluse dans une gangue de glace. À la fin de l'office, tout le monde s'entassa dans les deux voitures fermées. Noëlie se retrouva en compagnie de Madeleine, de mademoiselle Gilberte et des Gauthier.

La gouvernante était la plus souriante. Elle évoqua les Noëls de son Auvergne natale tandis que la mine de Madeleine se renfrognait de plus en plus.

À la bastide, Nicolas et monsieur Valentin semblaient avoir fait honneur à la bouteille de porto.

— Tu sais, je ne pourrai jamais me le pardonner, confiait Nicolas à son cousin.

Noëlie s'immobilisa sur le seuil du salon de compagnie en ayant le sentiment de surprendre une conversation qui ne lui était pas destinée.

L'apercevant, le père de Timothée leva son verre dans sa direction.

— Voici la plus belle ! s'écria-t-il.

Elle sourit aux deux hommes. Elle se sentait mal à l'aise car, malgré ses efforts pour faire bonne figure, Nicolas Viguier avait le visage blême, les traits creusés.

Elle songea tout à trac qu'il portait un secret trop lourd pour lui et s'en inquiéta.

Ce secret concernait-il Timothée ?

8

1845

Comme chaque année, le marché flottant du premier dimanche d'août, à L'Isle, avait attiré une foule nombreuse au bord de la Sorgue. Les *pescaïres*[1], dirigeant à la perche leur *negochin*, une barque à fond plat, proposaient nombre de marchandises d'une rive à l'autre, dans une animation joyeuse, sous un soleil déjà ardent.

Timothée avait accompagné Noëlie. Lucille s'était jetée dans ses bras avec fougue mais Noëlie ne reconnut pas sa petite sœur. Elle, toujours gaie et vive, arborait désormais un visage fermé. De toute évidence, elle ne supportait pas sa belle-mère. Benoît Saurel avait épousé Marion en janvier 1841. Une union sans faste particulier, comme il convenait à deux veufs. Ils n'avaient pas échappé pour autant au traditionnel charivari. C'était en effet la règle :

1. Pêcheurs en provençal.

lorsqu'un veuf ou une veuve se remariait, le couple avait droit à une soirée particulièrement bruyante.

La plupart des instruments de cuisine étaient utilisés. Vieilles casseroles, chaudrons, couvercles de marmites, seaux, arrosoirs, poêles à frire étaient frappés avec des fourchettes, des cuillers ou des louches.

Toute la jeunesse ainsi équipée était venue à la tombée de la nuit fêter le nouveau couple. Le premier soir, Benoît Saurel avait refusé de payer sa dîme. Le « concert » s'était donc prolongé toute la nuit. Le lendemain, ils avaient recommencé, en faisant encore plus de tapage.

Des casseroles avaient même été accrochées aux queues des chiens, qui avaient parcouru les rues de L'Isle en hurlant leur désaccord.

De guerre lasse, le nouveau marié avait fini par ouvrir sa porte. Il avait acheté sa tranquillité en versant une somme d'argent au représentant de la troupe.

« Elle tordait le nez », avait raconté Lucille à Noëlie.

L'antagonisme entre elles deux était flagrant. Lucille s'était sentie rejetée le jour où son père avait ramené la veuve dans la maison familiale. Impression encore accentuée par la naissance de son demi-frère, Maurice. Maladroitement, elle avait critiqué sa belle-mère. La réplique ne s'était pas fait attendre ! Marion, une blonde accorte, avait acquis un ascendant certain sur son époux et l'avait convaincu d'éloigner Lucille. Elle ne l'avait pas attaqué de front, avait procédé par petites touches, en arguant que les sœurs de Carpentras feraient de Lucille une jeune fille accomplie.

Or, le couvent avait transformé l'enfant capricieuse en fillette rebelle. Quand Noëlie avait tenté d'en parler à son père, il s'était fâché, avec la mauvaise foi de ceux qui n'ont pas la conscience tranquille.

— Marion et moi agissons au mieux des intérêts de Lucille, avait-il tranché.

Le connaissant, Noëlie savait qu'il valait mieux ne pas insister pour le moment. D'ailleurs, Lucille affirmait apprendre beaucoup de choses chez les religieuses, notamment l'hypocrisie et la duplicité.

Émile, consulté par son aînée, avait haussé les épaules :

— Des histoires de bonnes femmes, avait-il résumé. C'est la guerre entre Lucille et Marion. Notre sœur n'a pas encore compris qu'il fallait se hâter de quitter la maison.

Lui-même s'était engagé, ce qui avait provoqué la colère de son père. Émile, taxé d'ingratitude, désertait la fabrique ! Benoît Saurel avait parlé de le déshériter.

— La veuve veut nous évincer pour placer son rejeton, avait repris Émile. Tu verras, Noëlie, ton tour viendra !

— Je n'attends rien de mon père, avait-elle répondu.

Émile avait plissé les yeux.

— Oui, c'est vrai, tu as fait un beau mariage. Mais, je te rassure tout de suite, tu n'auras rien !

Noëlie y songeait, tout en remplissant son panier. Le soleil jouait à cache-cache avec le feuillage des arbres, parsemant la Sorgue de reflets d'or. Les traditionnels costumes blancs des *pescaïres* formaient un contraste séduisant avec les jupons et caracos en indienne fleurie des marchandes de fruits, de légumes et de fleurs.

Le nez en l'air, la jeune femme humait les parfums qui se mêlaient harmonieusement ou se heurtaient. Elle était partie depuis moins de cinq ans et, pourtant, elle ne se sentait plus tout à fait l'isloise. Timothée lui prit le bras d'un geste à la fois tendre et possessif :

— Tu voudras dîner chez ton père ?

Elle sourit à son mari.

— Encore faudrait-il que la veuve nous ait invités !

Pour l'instant, Marion tentait de calmer Maurice qui s'efforçait de lui échapper pour plonger dans la Sorgue.

— Lucille ! Occupe-toi donc de ton petit frère ! ordonna-t-elle à sa belle-fille avant d'entraîner son époux vers une échoppe d'orfèvrerie.

— La teigne ! soupira Lucille, assez fort pour que son père l'entendît.

Il se retourna et la gifla à la volée. Lucille tituba sous le choc. Noëlie s'élança vers elle.

— Des excuses ! J'exige que tu présentes tes excuses à ma femme ! hurla le fabricant de couvertures tandis que Marion lui conseillait d'une voix suave :

— Laissez, mon ami, laissez. Cette petite m'a toujours détestée…

Les regards, curieux, moqueurs ou compatissants, s'étaient posés sur leur petit groupe. On murmurait dans L'Isle que Marion Saurel n'était guère tendre avec la fille de son époux et que cette dernière était trop fière pour chercher à se faire apprécier. Devinant que la scène risquait fort de tourner vite à son désavantage, la veuve entraîna Saurel vers leur maison, sans plus se soucier du petit Maurice qui, interdit, contemplait le visage rougi de sa grande sœur. Noëlie serra Lucille contre elle.

— Ne pleure pas, père finira bien par se rendre compte…

— Penses-tu ! Elle le tient, et bien, tu peux me croire ! Demande à Catou… elle va l'user au lit, si ça continue ! On dit que son premier mari est mort à la tâche…

— Tais-toi ! coupa Noëlie. Ce ne sont pas des propos pour une fillette.

— J'ai onze ans !

— Et tu manques encore de jugement ! Ignore ses provocations comme ses remarques, essaie de ne pas faire son jeu.

Le visage de Lucille se crispa.

— Un jour, je partirai ! Et personne ne me retrouvera !

— Au risque de nous briser le cœur, à Catou et à moi ?

— Oh ! toi… tu as ta vie, désormais, à Vaucluse. Quand tu auras un bébé, nous ne compterons plus pour toi !

— Ne crois pas cela, dit doucement Noëlie, tandis que ses yeux s'emplissaient de larmes.

Chaque mois, elle espérait. Avant de voir arriver ses « périodes » et de sangloter longuement dans sa chambre. Malgré leur discrétion, ses beaux-parents ne pouvaient s'empêcher de risquer de temps à autre une allusion. À la longue, le maître du Moulin des Sources s'impatientait.

— J'aimerais bien connaître mon petit-fils avant de passer l'arme à gauche ! lui avait-il déclaré, méchamment, et Noëlie avait pâli.

Ne pouvaient-ils pressentir à quel point sa stérilité la faisait souffrir ? Chaque mois, elle devenait irritable, et se le reprochait vivement.

Remarquant son visage défait, Timothée l'entraîna à l'écart :

— Ça va, ma mie ?

Elle fit « oui » de la tête sans parvenir à prononcer un son. Il lui releva le menton d'un geste tendre.

— Pas de larmes, mon amour. Nous irons à Apt, à la basilique Sainte-Anne. On raconte que la reine Anne d'Autriche, la mère de Louis XIV, s'en est trouvée fort bien. Et… si nous n'avons pas d'enfant, peu importe ! Nous nous aimons.

Elle savait bien au fond d'elle-même qu'il tentait de la rassurer.

Depuis plus d'un siècle, un Viguier avait dirigé

Le Moulin des Sources. Comment aurait-elle pu supporter de briser cette continuité ?

— Je ne comprends pas, dit-elle.

Elle n'avait même pas fait de fausse couche, son ventre demeurait obstinément plat et ses règles revenaient avec une régularité déprimante.

— Chut, ma chérie, reprit Timothée en l'embrassant avec fougue.

Elle l'aperçut alors. Il avait grandi, bien sûr, il devait avoir une dizaine d'années à présent. Elle le reconnut grâce à son regard étonnant, vert pâle, si semblable à celui de Timothée. Il fixait le dos de son mari avec une intensité dérangeante.

Noëlie se dégagea des bras de Timothée.

— Cet enfant, murmura-t-elle d'une voix blanche. Son regard me gêne.

Timothée se retourna. Le garçonnet ne bougea pas.

— Un vrai *santibelli*[1] ! chuchota Timothée.

Noëlie se crispa pour cacher son malaise. Elle était parvenue à ne plus songer à ce garçon, ou du moins, elle avait tenté de s'en persuader. Elle s'était répété en effet qu'il ne pouvait pas être le fils de Timothée. Or, le doute la consumait à nouveau.

— Que fais-tu là, petit ? s'enquit Timothée.

Au supplice, Noëlie épiait la voix de son époux, son attitude, à la recherche d'un quelconque indice. Était-il attendri ? impatient ? furieux ?

---

1. Sorte de santon. « Rester planté comme un santon » signifie rester les bras ballants, à ne rien faire.

— J'attends ma mère, répondit le gamin.
— Partons, je t'en prie, souffla Noëlie.

Elle était lasse à en mourir, avait l'impression que le soleil avait disparu et qu'elle évoluait au bord d'un précipice. Timothée l'entraîna à l'écart, vers le quai où ils avaient laissé leur jardinière.

Tout en se hâtant pour suivre son pas, Noëlie sentait la migraine marteler sa tempe droite.

Elle avait peur que Timothée ne reconnaisse un jour cet enfant. Et, en même temps, elle se détestait de raisonner ainsi. Aussi égoïstement…

9

1848

L'espace d'une nuit, la neige, tombée en abondance, avait transformé le paysage. L'amas de rochers poudrés de blanc dominait le village dans lequel la circulation était malaisée. On avait pelleté, creusé des passages devant les maisons. La diligence n'avait pu dépasser L'Isle-sur-la-Sorgue. Pourtant, en dépit des rigueurs du climat, Timothée avait dû conduire sa mère à Digne. Son frère, au plus mal, la réclamait. Bien emmitouflés, la mère et le fils étaient partis après le lever du soleil dans le tilbury à roues hautes plus maniable que le landau.

Noëlie était restée au chevet de Nicolas Viguier. Alité depuis une bonne quinzaine, son beau-père déclinait jour après jour. Le docteur Freynet, familier de la bastide, demeurait évasif. L'âge, les séquelles des campagnes militaires s'ajoutant aux rigueurs de l'hiver… Souffrant du cœur, atteint de troubles respiratoires, le vieil homme paraissait recroquevillé dans le grand lit à *litocho*[1] sculpté, malgré la demi-douzaine d'oreillers destinés à surélever sa tête et son buste. La première fois qu'elle avait pénétré dans la chambre des maîtres de maison, elle s'était sentie intimidée. Sa belle-mère ne lui avait-elle pas répété à plusieurs reprises, avec une pointe de fierté, que Timothée était né dans ce lit ? C'était le genre de précision que Noëlie ne supportait plus, parce que, mois après mois, année après année, son ventre restait obstinément plat.

La jeune femme se pencha vers son beau-père :

— En quoi puis-je vous soulager, mon père ? questionna-t-elle avec douceur.

Nicolas lui dédia un sourire empreint d'ironie.

— J'ai bien peur qu'on ne puisse plus grand-chose pour moi, répondit-il. Si… tu peux m'apporter un doigt de porto.

— Est-ce bien raisonnable ?

Il lui adressa un coup d'œil complice.

— Angélique n'en saura rien. Et puis, franchement… à quoi bon me priver d'un petit plaisir ?

Elle partageait cet avis et descendit au salon. Son beau-père appréciait particulièrement le porto et le faisait venir de la vallée du Douro. Lorsqu'elle lui en apporta un petit verre, ses narines se dilatèrent.

— Sens-moi ces notes de cerise, de poivre et de vanille, souffla-t-il.

---

1. La *litocho* était surmontée autrefois d'un baldaquin. Les colonnes ont disparu mais les montants sont restés.

Elle l'aida à boire, lentement, puis releva encore ses oreillers.

— Merci, murmura-t-il. Tu es une bonne fille. Dommage que…

Une quinte de toux l'interrompit. Elle aurait pu terminer sa phrase à sa place : « Dommage que tu sois stérile. »

Elle lui offrit un visage serein bien que son ventre se soit noué. Elle était bel et bien un fruit sec comme le lui avait lancé l'épouse de son père l'année précédente. Marion était suffisamment matoise pour lui faire cette réflexion alors que les deux femmes se trouvaient seules. Elle ne s'y serait jamais risquée en présence de Timothée.

Cependant, la blessure demeurait à vif.

Nicolas reprit péniblement son souffle.

— Ne fais pas attention, petite. Je ne suis plus qu'un vieil homme qui radote…

Elle lui pressa la main.

— Ne vous inquiétez pas, père. Le médecin doit passer avant ce soir, je crois ?

— Encore du bon argent gaspillé ! Que veux-tu qu'il fasse pour ma vieille carcasse ? Tiens… relis-moi *Le Moniteur*, cela me soulagera mieux que tous les remèdes qu'on me fait avaler.

Noëlie savait à quel passage son beau-père venait de faire allusion. Il s'agissait de l'article annonçant l'élection de Louis-Napoléon Bonaparte à la présidence de la République avec plus de 5,4 millions de voix.

— Maintenant, je peux mourir, murmura le maître de maison. J'ai tant attendu qu'un Bonaparte revienne au premier plan…

Il tourna la tête vers la pendulette Empire placée sur une commode, s'impatientant :

— Que fait donc ce médecin ? Et le curé ? J'ai demandé à le voir.

— Isidore est allé le chercher, répondit Noëlie d'une voix apaisante.

Elle n'osait pas poser de questions. Nicolas Viguier, en effet, était connu pour ne pas fréquenter l'église. En aurait-il éprouvé quelque remords ?

Le discours qu'il tint au prêtre, arrivé en toute hâte avec les saintes huiles et un enfant de chœur, aurait amusé Noëlie dans d'autres circonstances.

— Monsieur le curé, je vous ai fait déranger car je ne veux en aucun cas d'enterrement à l'église. De simples obsèques civiles suffiront pour un vieux soldat comme moi. Je ne tourne pas casaque à l'approche de la mort.

Le père Augustin se signa précipitamment.

— C'est bien compris ? insista Nicolas. Quoi que vous raconte mon épouse, ce serait contrevenir à ma volonté formelle. Ma bru ici présente fait office de témoin.

Noëlie reconduisit elle-même le prêtre.

— Je ne sais quoi vous dire, mon père. Vous vous êtes déplacé par ce temps…

Le père Augustin avait de l'humour.

— Mon petit, toute autre attitude m'eût étonné. Maître Viguier a de la suite dans les idées, je l'en admire d'autant plus. Veuillez saluer son épouse de ma part.

Elle suivit du regard les silhouettes du prêtre et de l'enfant de chœur, vacillant sous les bourrasques de neige, avant de rentrer. Coline l'attendait dans le hall avec une cape fourrée.

— Voulez-vous attraper la mort ? la gronda-t-elle. Je vais vous monter du thé avec des financiers. Ça passe tout seul…

Elle la remercia d'un sourire puis grimpa le grand escalier. Dans son lit, Nicolas avait un peu repris des couleurs, comme si la visite du père Augustin l'avait distrait. Pourtant, quelques minutes plus tard, après avoir boudé la collation servie par Coline, son visage redevint grave.

— Vont-ils enfin rentrer ? s'interrogea-t-il tout haut, en jetant à nouveau un œil du côté de la pendulette.

— S'ils ont trouvé encore plus de neige en chemin, ils passeront certainement la nuit à Digne, glissa la jeune femme.

Nicolas soupira.

— J'aurais pourtant souhaité parler à Timothée. Il a fallu que ce pauvre Hyacinthe tombe malade en même temps que moi !

L'arrivée du médecin lui permit de protester. Il respirait de moins en moins bien. N'existait-il pas quelque remède miracle ?

Noëlie avait compris depuis longtemps que, malgré son discours, le père de Timothée gardait encore un peu d'espoir. Coline, pour sa part, n'en avait plus.

— J'ai entendu craquer les meubles dans la chambre des maîtres quand je faisais la poussière avant-hier, avait-elle expliqué à Noëlie. Et puis, j'ai brisé une bouteille d'huile. Tout cela est mauvais signe…

Le docteur Freynet prescrivit des enveloppements et un sirop qu'il sortit de sa trousse.

— J'ai peur qu'il ne passe pas la nuit, confia-t-il à Noëlie qui le reconduisait.

Elle s'efforça de ne pas laisser voir ses craintes. Elle aurait tant aimé que Timothée se trouvât à ses côtés ! Elle se chargea d'administrer les traitements prescrits au malade qui s'exécuta avec force grimaces et, ayant tiré un fauteuil près du lit, s'apprêta à passer une nuit blanche.

Elle dut s'endormir vers une heure du matin. Une sensation de froid la réveilla. Elle ajouta deux bûches dans la cheminée, ranima le feu avant de se pencher au-dessus du vieil homme. Sa respiration était sifflante.

— Je ne dors pas, ma petite fille, murmura-t-il avec peine.

D'un geste de la main, il lui indiqua son secrétaire à huit pieds, placé devant la fenêtre.

— Le tiroir du haut, précisa-t-il.

Noëlie l'ouvrit, les mains tremblantes, saisit une liasse de feuilles de papier sur laquelle Nicolas avait écrit « *Pour Timothée* » de sa belle écriture légèrement penchée.

— Promets… lui donner, reprit le maître de maison.

— Je vous le promets, lui assura la jeune femme, les yeux remplis de larmes.

Elle lui tint la main toute la nuit, tentant de le réchauffer et de l'aider à mieux respirer.

Coline l'avait rejointe.

— Je vais chercher le cierge de la Chandeleur, prévint-elle quand le maître commença à râler.

— Non ! Noëlie la retint. C'est contraire à ses idées, il faut les respecter.

— Mais madame Angélique sera fâchée !

— J'en prends la responsabilité.

Elle savait qu'elle se heurterait avec sa belle-mère mais ne pouvait supporter l'idée d'aller contre les volontés du vieil homme.

— C'est vous qui commandez, madame Noëlie, marmonna Coline.

Le père de Timothée rendit l'âme juste avant le lever du soleil. Aussitôt, Coline courut vérifier que tous les volets de la bastide étaient bien clos et entrouvrit la fenêtre de la chambre. Elle se signa.

Noëlie, abattue, épuisée, se pencha pour poser un baiser sur le front de son beau-père. Elle se sentait perdue. Quand Timothée allait-il rentrer ?

— Il faut allumer du feu partout, reprit la servante.

Noëlie connaissait cette coutume pratiquée également à L'Isle-sur-la-Sorgue. Elle descendit prévenir les autres domestiques et envoya le cocher chez la vieille Annette, qui irait faire *lei assaché* dans

Vaucluse, c'est-à-dire qu'elle informerait voisins et relations du décès.

Elle se rendit ensuite dans leur chambre ranger les documents confiés par Nicolas.

Elle avait le cœur lourd et était profondément triste.

Quand Timothée arriva seul, sans sa mère, à la fin de la journée, il comprit tout de suite en voyant le visage défait de sa femme. Il resta longtemps dans la chambre de son père et Noëlie l'y laissa seul.

Il l'appela au bout de deux heures.

— Je l'aimais tant, et je n'ai jamais osé le lui dire, s'épancha-t-il en l'enlaçant.

10

1849

Le décès de Nicolas Viguier avait non seulement plongé sa famille dans la tristesse mais aussi profondément choqué son épouse. Angélique, en effet, n'avait pas admis qu'il ait refusé de recevoir les derniers sacrements comme d'avoir des obsèques religieuses. Elle en avait gardé rancune à Noëlie.

— Le pauvre homme déraisonnait, voilà tout ! avait-elle décrété. Comment voudriez-vous me faire accroire pareille sottise ?

Timothée, Coline et le père Augustin avaient soutenu Noëlie. Timothée, particulièrement, s'était battu pour faire respecter les volontés de son père.

— Il se traitait lui-même de vieux mécréant. Sa décision ne devrait pas vous étonner, mère, avait-il insisté.

Angélique s'obstinait, en secouant la tête. Son vieux compagnon ne pouvait pas avoir voulu lui causer autant de peine… Il savait, lui, combien elle était attachée à sa religion.

— *Leis Prouvençau cregnoun Diéu*[1], répétait-elle.

Elle n'acceptait pas d'avoir dû faire enterrer son mari comme un miséreux, sans messe ni bénédiction. Pourtant, le maire et le préfet s'étaient déplacés, ainsi qu'une foule d'industriels et de personnalités du département. Tout ce beau monde avait franchi la porte de la bastide et était venu s'incliner dans la chambre mortuaire.

— Il me fera mourir de honte, gémissait Angélique, partagée entre la tentation de s'enfermer dans ses appartements et le sens du devoir.

Elle ne se pardonnait pas d'avoir été absente ce jour-là. D'autant moins que son frère s'était remis avec une rapidité surprenante !

Il avait bien fallu répondre aux questions de la parentèle venue le jour de l'enterrement. Non, il n'y aurait pas de messe. Oui, c'était ce que désirait Nicolas. Et tout le monde d'envelopper Angélique d'un regard compatissant. Les langues allaient bon train, dans le village. On avait vu monsieur le curé et son enfant de chœur s'acheminer vers la bastide, l'après-midi précédant la mort de Nicolas. Se pourrait-il que le père Augustin se fût opposé à l'absolution du vieux soldat ? Angélique, depuis, se rendait à l'église en catimini et s'abîmait en prières.

— On sait bien, pourtant, que le maître n'était pas pour la religion, marmonnait Coline, en remuant ses tians.

1. Les Provençaux craignent Dieu.

L'instant d'après, elle sursautait, comme prise en faute. On devait faire le moins de bruit possible dans une maison en deuil.

Noëlie, enveloppée dans ses vêtements noirs, descendit le grand escalier et annonça à Coline :

— Je vais au moulin.

— Vous avez raison, il fait un bon froid sec.

« La vie continue », tentait de se répéter la jeune femme. Ce qui ne l'empêchait pas de chercher la silhouette de son beau-père dans le salon de compagnie ou d'esquisser le geste de lui apporter *Le Moniteur*.

La première nuit suivant le décès de Nicolas Viguier, Timothée et elle n'avaient pu fermer l'œil. Timothée la serrait contre lui et évoquait à mi-voix des souvenirs d'enfance, lorsqu'il croyait que son père était immortel.

— Il m'a tout appris, lui confiait-il d'une voix mal assurée.

La mort de Nicolas les avait encore rapprochés. Noëlie n'osait pas, cependant, demander à Timothée ce que contenaient les documents transmis par son père. Ce sujet la tourmentait. Elle avait imaginé plusieurs hypothèses, et la plupart concernaient Jeanne. Nicolas aurait-il par hasard essayé de convaincre son fils de reconnaître l'enfant de Jeanne ? Cette question obsédait Noëlie, hantant ses nuits.

Catou, qu'elle retrouvait chaque mercredi matin sur le marché de L'Isle, lui conseillait de se fier à son époux.

— Si vraiment ce garçon est son fils, il a choisi de ne pas se marier avec sa mère mais de t'épouser, *toi.* Alors, cesse de te ronger les sangs !

Les expressions imagées de Catou parvenaient toujours à arracher un sourire à Noëlie. « Si seulement j'avais *mon* enfant… », se lamentait la jeune femme.

Le solide bon sens de Catou l'avait une nouvelle fois aidée à reprendre espoir.

— Ma grande, tu sais ce que j'ai répété tant et tant à Lucille. Il ne suffit pas de dire : « Je veux. » Il faut aussi savoir accepter. Ça ne sert à rien de se révolter, ou de pleurer sur son sort. Tu vaux mieux que ça !

Catou gardait pour elle d'autres arguments, d'autres souvenirs. Enceinte à quinze ans, des œuvres d'un notable carpentrassien chez qui elle faisait office de bonne à tout faire, elle avait accouché à l'hôtel-Dieu, quarante-huit heures de souffrance indicible, avant d'abandonner son bébé, une petite fille, à qui elle avait laissé son unique bijou, une croix en argent. Il y avait de cela près de vingt-quatre ans, mais elle n'avait jamais pu oublier.

Elle se rappelait la paillasse gorgée de sang, elle se souvenait de ses seins gonflés de lait. Elle était restée à l'hospice en tant que nourrice jusqu'à ce que son lait se fût tari, mais elle avait assisté, le cœur en miettes, au départ de son bébé en compagnie d'autres nourrissons et d'une meneuse. Elle n'avait jamais revu sa petite fille, qui avait été baptisée Marie dans la chapelle de l'hôtel-Dieu.

Noëlie avait pressenti que Catou avait vécu elle aussi une expérience déchirante. Elle lui avait serré la main. Très fort.

— Nous sommes allés à Apt, en vain. Mais tu as raison, nous n'avons pas le droit de nous décourager.

Catou lui avait sauté au cou quand Noëlie avait chargé ses emplettes dans la jardinière.

— Garde confiance, ma belle, lui avait-elle recommandé.

Lorsque Noëlie lui avait demandé des nouvelles de son père et de Lucille, elle avait éludé par délicatesse :

— Tout va à peu près bien. Maurice est un enfant terrible mais... sa mère lui a toujours tout passé ! Lucille vit à Marseille où elle apprend le métier de bouquetière. Quant à Émile... il n'a plus donné de ses nouvelles depuis longtemps.

Leur famille avait éclaté depuis que leur père avait épousé Marion, songeait Noëlie avec mélancolie.

Pourtant, au fur et à mesure qu'elle se rapprochait de Vaucluse, elle admirait une nouvelle fois le paysage, baigné de sérénité, et s'apaisait.

Coline vint l'aider à décharger ses paniers.

— Madame est encore partie au cimetière, lui glissa-t-elle.

Noëlie hocha la tête.

— Je vais l'y rejoindre.

Elle savait que Timothée souffrait de l'indifférence de sa mère. Angélique s'était réfugiée dans la prière et ne communiquait presque plus avec les habitants de la bastide. Rabattant le capuchon de sa pèlerine sur ses cheveux, Noëlie se dirigea vers le cimetière.

Elle marchait vite, en pensant à sa sœur, à son frère, à Timothée et à sa belle-mère. Elle se sentait oppressée, prisonnière d'un étau de souffrances. Son accablement augmenta lorsqu'elle découvrit la silhouette d'Angélique effondrée devant la tombe de son époux. Noëlie se pencha et lui effleura l'épaule.

— Mère… vous allez prendre mal. Il faut rentrer.

Angélique se redressa et se retourna vers elle. Ses yeux flamboyaient de colère.

— Rentrer… pour quoi faire, grands dieux ? lança-t-elle, agressive. Une maison vide, sans *petitoun*… Malheur ! Presque dix ans de mariage et toujours pas capable de donner un petit à mon fils ! C'est toi qui as apporté le malheur dans notre famille !

Le visage déformé par la rancœur, pointant l'index vers Noëlie, elle était effrayante et pathétique.

La jeune femme tenta cependant de la ramener à la raison.

— Venez avec moi, l'implora-t-elle une seconde fois.

Angélique recula d'un pas.

— Pas question ! Laisse-moi prier sur la tombe de mon pauvre mari. À coup sûr c'est le désespoir qui l'a tué. Il voulait tant un héritier !

C'était si cruel, si injuste que Noëlie, tournant les talons, s'enfuit. Elle courut jusqu'au moulin à papier, où elle était sûre de trouver Timothée. Sans prêter attention aux regards intrigués des ouvriers, elle força la porte de son bureau et se jeta dans ses bras.

— Si tu veux, nous nous séparerons, je m'effacerai, lui déclara-t-elle d'un trait.

Éberlué, Timothée s'efforça d'abord de l'apaiser avant de lui réclamer des explications. Il lui ôta sa pèlerine, sa coiffe, réchauffa ses mains glacées.

— Noëlie, ma douce, que s'est-il passé ?

Elle raconta l'épisode, d'une voix entrecoupée de sanglots. Brusquement, toutes les remarques désobligeantes d'Angélique, s'aggravant d'année en année, la submergeaient. Lentement, Timothée lui caressait le visage et les cheveux d'un mouvement doux, hypnotique.

— Là, là, ma chérie, calme-toi. Ma mère ne sait plus ce qu'elle dit…

— Je ne crois pas, Timothée ! La réalité est là : je suis stérile !

Entre eux deux, il y avait Jeanne et son fils, qui demeuraient une épine fichée dans le cœur de Noëlie. Maudite, elle était maudite !

— Tous les pèlerinages que nous avons faits, reprit-elle.

Et d'énumérer :

— Le berceau de Sainte-Anne à Apt, Notre-Dame-des-Œufs à Gréoux, le gros chêne de la forêt de la Sainte-Baume, Saint-Michel-de-Frigolet,

Notre-Dame-de-la-Garde, l'église des Saintes-Maries-de-la-Mer… J'y ai cru, de toute mon âme, mais maintenant, je suis désespérée.

Le vacarme était effroyable dans la salle des piles.

— Viens, chuchota Timothée, entraînant Noëlie à sa suite dans l'escalier menant à l'étendoir.

Il faisait bon dans la pièce nichée sous les combles. Une centaine de feuilles mises à sécher dégageaient un parfum indéfinissable, légèrement douceâtre.

Timothée se mit à embrasser sa femme avec fièvre et passion.

— Nous séparer…, souffla-t-il. Quelle folie ! Je t'aime. Toi seule.

Elle avait besoin d'entendre ces mots pour reprendre confiance en elle. Elle répondit à ses baisers avec fougue. Sans lui laisser le temps de protester, ou de rappeler qu'on pouvait les surprendre, il l'étendit sur le parquet blanchi et fit doucement basculer Noëlie. Allongée sur sa cape, elle apercevait au-dessus du visage de Timothée, les rangées de cordes et les feuilles de papier les chevauchant ainsi qu'un minuscule carré de ciel bleu par la lucarne.

Et puis elle ne distingua plus rien. Timothée, alternant caresses de plus en plus audacieuses et baisers, lui fit oublier tout ce qui n'était pas eux. Ils entendaient en dessous d'eux le vacarme du moulin à papier mais n'en avaient cure. D'ailleurs, la proximité des ouvriers, le risque d'être surpris décuplaient leurs sensations.

Noëlie cria de plaisir sous l'étreinte de Timothée tandis qu'il enfouissait son visage dans son cou.

— Noëlie, ma douce, mon tendre amour, ne parle plus de séparation, je t'en conjure. C'est toi que j'aime, c'est avec toi que je désire vivre.

Bouleversée, trop émue pour pouvoir articuler un mot, elle se contenta de hocher la tête.

Deux mois plus tard, le docteur Freynet lui confirmait sa grossesse.

11

1850

Cette nuit-là, le mistral soufflait avec fureur, secouant les volets, s'engouffrant sous les portes malgré les tentures doublées de molleton. Blottie au fond de son lit, Noëlie, les mains posées sur son ventre, comme pour le protéger, se répétait : « Pourvu que… »

Elle ne devait pas accoucher une nuit comme celle-ci, c'était beaucoup trop risqué.

— Ma belle, lui avait dit Élise, la *bono fremo*[1], pas question pour vous de choisir le moment ! C'est Dieu qui décide.

Élise était un personnage. Aussi large que haute, avec une voix un brin masculine et une ombre de moustache au-dessus de la lèvre supérieure, elle aurait presque inspiré de la crainte à la jeune femme si celle-ci, en bavardant avec elle, n'avait remarqué

1. La sage-femme.

à quel point elle était humaine. Élise habitait Vaucluse et elle avait suivi la grossesse de Noëlie en bon entendement avec le docteur Freynet.

Noëlie inspira profondément. Elle attendait ce moment depuis si longtemps ! Bien que l'année 1849 ait été difficile, elle avait vécu intensément chaque journée de sa grossesse. Pas la moindre nausée n'avait altéré son bonheur durant les trois premiers mois. Catou et Coline s'émerveillaient de constater qu'elle ne portait pas de masque de grossesse.

— Ce sera un garçon, à coup sûr ! affirmait Catou.

Cependant, des contractions survenant au cinquième mois avaient contraint Noëlie au repos complet.

Timothée l'avait installée dans leur chambre et lui avait bricolé une sorte de pupitre-écritoire qui lui permettait de lire, de tricoter et de coudre à sa guise. Elle avait ainsi confectionné le trousseau de son bébé, au fil des semaines. De son lit, elle apercevait la cime des arbres et les ruines du château.

Coline aérait la pièce chaque matin. Noëlie humait alors avec délices le parfum du lilas, celui, entêtant, des tilleuls et du chèvrefeuille. Elle rêvait souvent d'aller se promener le long de la Sorgue ou bien de se rendre à L'Isle mais le médecin comme la *bono fremo* le lui avaient interdit. Heureusement, la bibliothèque de la bastide semblait inépuisable. Durant son repos forcé, Noëlie avait lu les œuvres d'Hugo, de Dumas et de George Sand.

Catou, qui venait à Vaucluse le dimanche, lui prodiguait une foule de recommandations. Comme Noëlie n'avait pas le droit de mettre le nez dehors, elle risquait moins de croiser le chemin d'une personne difforme, ce qui aurait été fâcheux pour son enfant. En revanche, elle devait veiller à ne pas préparer le berceau à l'avance ni à le garder dans leur maison, ce qui risquerait de porter malheur au nourrisson.

Elle se pliait sans protester à ces règles tant elle était heureuse d'attendre leur fils. Car ce serait un fils, elle l'avait promis à Timothée. Lui avait ri en la serrant contre lui :

— Fille ou garçon, cela m'est bien égal !

Il avait insisté pour dormir sur un sofa au cours du dernier mois mais Noëlie avait refusé avec force.

— Tu veux aller dormir ailleurs ? lui avait-elle demandé, moqueuse.

Elle irradiait, avec son visage lumineux, son corps alourdi et ses longues tresses sombres. Elle vivait pleinement sa grossesse, savourant cet état. Elle savait qu'après la naissance, elle n'éprouverait plus ce sentiment d'amour fusionnel avec son enfant.

Pour l'instant, sa main crispée sur son ventre, elle guettait la prochaine contraction. Timothée, sur le qui-vive, se leva.

— Tu penses que le moment est arrivé ? s'enquit-il. Nous avons une bonne semaine d'avance.

Elle l'aima doublement pour ce « nous » qui lui était monté aux lèvres.

— Je crois que c'est pour cette nuit, confirma-t-elle.

Elle s'était promis de ne pas crier, de ne pas gémir. Elle tint parole, même quand la douleur arquait son corps. Elle s'estimait chanceuse. Elle avait Élise et Catou auprès d'elle, Timothée dans le couloir, malmenant le tapis par ses allers-retours incessants. Une douce chaleur régnait dans la bastide et le feu ronflait dans la cheminée de leur chambre.

Toute la maisonnée retenait son souffle, même Angélique, qui avait pris froid au cimetière et devait garder la chambre.

Le médecin arriva au milieu de la nuit. Son manteau était couvert de neige.

— Des bourrasques qui descendent de la montagne, indiqua-t-il à Timothée.

Voyant son visage défait, il s'empressa de préciser :

— Ce n'est pas le moment de vous sentir mal, mon ami ! Allons ! Ne restez pas dans mes jambes, allez vous enfermer dans votre bureau et vaquez à vos affaires. Je viendrai moi-même vous appeler quand le *petitoun* sera né.

Comme Timothée ouvrait la bouche, le docteur enchaîna :

— Oui, je sais, vous me l'avez déjà dit une bonne douzaine de fois, s'il y a un problème, je sauve en priorité la mère. Vous voyez, je connais ma leçon ! Maintenant, filez ! Noëlie est courageuse, l'affaire devrait bien se passer.

Réfugié dans son bureau au rez-de-chaussée, Timothée écoutait les bruits en provenance de l'étage. Exaspéré par son impuissance, il finit par sortir du tiroir, où il l'avait enfermée depuis un peu plus d'un an, la liasse de papiers transmise par son père. Il n'avait pas encore osé la parcourir, comme s'il avait espéré au fond de lui que la mort de Nicolas n'était pas tout à fait réelle. Il lissa les feuillets avant d'en entamer la lecture. L'écriture légèrement penchée de son père, si familière, lui serra le cœur.

Timothée, mon fils, cette confession n'est pas facile à rédiger mais il faut que je me libère de ce poids qui m'empoisonne depuis des années. Il est bien dommage que je n'aie pas la foi ! À en croire ta mère, il me suffirait d'aller voir le père Augustin, de lui raconter mon histoire assortie de trois Pater et de deux Ave et… pfft ! je me sentirais beaucoup mieux. Ça me paraît trop facile ! Ce qui est fait est fait, et ta mère m'a souvent répété que je n'avais tué personne. C'est vrai. Mais l'honneur, fils ! l'honneur des Viguier…

Il faut que je remonte en arrière. Tu sais que j'ai toujours été un farouche bonapartiste, d'abord parce qu'au long des campagnes j'ai connu et respecté l'Empereur, ensuite parce qu'il a su doter notre pays à feu et à sang de règles efficaces. Mais voilà… les hommes sont oublieux, et vindicatifs. Le pire, c'est la foule, aveugle et sourde, qui suit les plus bas instincts. On ne peut rien contre elle, à moins de faire parler la poudre.

Timothée tourna la première page. Le silence régnait désormais dans la bastide, le mistral soufflait avec moins de vigueur. L'écriture de Nicolas s'était faite plus fine, plus serrée.

C'était le 2 août 1815. Nous connaissions une nouvelle période de bouleversements. Napoléon était revenu... le temps de régner cent jours et de jeter l'éponge. Les royalistes avaient repris le pouvoir dans Avignon, les partisans des deux camps réglaient leurs comptes dans le sang.

Le maréchal Brune, qui était détesté dans la cité des Papes pour avoir été un représentant de Napoléon, devait remonter à Paris. Malgré les menaces reçues, il avait refusé d'éviter Avignon mais, à la suite d'une trahison, s'y était retrouvé seul et sans escorte.

Je le revois encore arrivant à huit heures du matin au relais de l'hôtel du Palais-Royal. J'étais parti tôt pour rendre visite à l'un de nos clients, imprimeur de son état. Très vite, l'atmosphère est devenue irrespirable. La foule a immobilisé la voiture du maréchal. J'ai entendu crier : « C'est le maréchal Brune, celui qui a porté la tête de la princesse de Lamballe. » (Ce qui est totalement faux, d'ailleurs, mais les royalistes, sur la foi d'un écrit anglais, ont toujours cru que Brune, à l'époque général, avait activement participé aux massacres de septembre.) Cette phrase a donné le signal.

La populace écumait. Et moi, j'étais là, figé sur la place de la Comédie, incapable de faire le moindre geste. Brune est retourné à l'hôtel sous les huées. J'assistai alors à l'apparition du maire, Guillaume Puy, qui, courageusement, se carra devant l'entrée de l'hôtel et exhorta la foule : « Braves Avignonnais, venez à mon secours ! Empêchez que la ville d'Avignon ne soit souillée de nouveaux crimes. »

En pure perte... La plupart des forces armées cantonnées en ville étaient du côté des royalistes. Malgré les efforts du maire et du conseiller Montagnat, la foule se fit encore plus menaçante. Ils étaient plus de quatre mille hommes à hurler à la mort. Je ne cherche pas d'excuses à mon comportement, le reste de ma vie, les remords m'ont poursuivi sans relâche mais, ce jour-là, moi qui n'avais jamais reculé, je n'ai pas fait un pas en avant. Plus tard, j'ai pensé que le sort du maréchal était déjà scellé mais cela ne justifie en rien ma lâcheté. Je sais bien que je n'aurais rien pu faire seul mais, au moins, je me serais fait tuer sur place. En honnête homme. Plusieurs personnes parvinrent à s'introduire dans l'hôtel tandis que l'infortuné Guillaume Puy était bousculé, renversé, piétiné. Deux coups de feu retentirent. L'assistance était en attente, je l'entendais gronder. On cria à la fenêtre : « Retournez chez vous, le maréchal s'est suicidé ! »

Suicidé, un homme comme lui ? C'était impossible !

Je me souviens des clameurs de joie, des officiels rédigeant un procès-verbal de suicide et du refus de Guillaume Puy de ratifier un faux aussi grossier.

Sous la menace, le maire se retira.

La foule de plus en plus excitée s'empara du corps du maréchal et le jeta dans le Rhône. Une atmosphère de fête barbare régnait sur Avignon. J'avais la tête en feu, l'impression d'avoir de la fièvre. Je ne suis pas allé voir mon client. Je suis rentré à Vaucluse en maudissant ma lâcheté et mon impuissance.

Voilà, mon fils, ce qui empoisonne ma conscience depuis plus de trente ans. J'en ai tant souffert que je te supplie de te conduire en homme d'honneur. Si tu penses que le fils de la Jeanne peut être ton enfant, n'oublie pas de faire ton devoir vis-à-vis de lui. Je te fais confiance.

Bouleversé, Timothée replia lentement les feuillets. La souffrance de son père lui paraissait d'autant plus injuste qu'il aurait été incapable, à lui seul, de sauver la vie de l'infortuné maréchal. En même temps, il comprenait sa réaction. Nicolas Viguier avait toute sa vie voué une admiration sans bornes à l'Empereur. Il s'estimait coupable d'une véritable trahison.

Timothée refusait de songer pour l'instant au fils de Jeanne. Il devinait que son père avait *aussi* écrit cette confession pour faire passer le message : respecter l'honneur, toujours.

Il tendit l'oreille, monta à l'étage. Coline, qui avait dû reconnaître son pas décidé, entrouvrit la porte de la chambre.

— Nous y sommes presque, monsieur Timothée, chuchota-t-elle.

Quelques minutes plus tard, un vagissement retentit dans la maison silencieuse.

N'y pouvant plus tenir, Timothée se précipita dans la chambre. Il entrevit le regard épuisé mais fier, si fier, de Noëlie. Elle lui sourit avec peine.

Catou tenait dans ses bras un bébé minuscule, enveloppé dans des linges.

— C'est un garçon ! s'écria-t-elle, radieuse.

12

1850

Une nouvelle fois, Noëlie se pencha et caressa tendrement la joue de son fils. Son fils ! Elle ne se lassait pas de le contempler et chaque fois qu'elle lui donnait le sein, elle éprouvait un bonheur infini.

— Ça me fait peur, parfois, je suis trop heureuse, avait-elle confié à Timothée. Celui-ci l'avait fait taire d'un baiser.

— Ma femme, cesse donc de dire n'importe quoi !

Elle aimait quand il l'appelait ainsi – ma femme – avec gourmandise.

Elle gardait un souvenir confus de son accouchement, cinq jours auparavant. Elle se rappelait qu'Élise l'avait encouragée sans cesse, tout comme Catou qui enchaînait les prières. Elle se remémorait souvent le regard émerveillé de Timothée lorsqu'il avait découvert le nourrisson. À cet instant, elle s'était sentie pleinement femme, enfin !

Le médecin et Élise avaient été formels : interdiction lui était faite de se lever avant dix jours. Pour une fois, Noëlie s'accordait du repos. Elle s'occupait exclusivement de son fils, ce qui lui convenait fort bien.

La coutume voulait que le baptême ait lieu le plus vite possible. D'un commun accord, Timothée et Noëlie avaient cependant décidé d'attendre une semaine pour que Lucille, la future marraine, puisse venir de Marseille.

Elzéar Aubert, un écrivain ami de Timothée, serait le parrain.

Le père de Noëlie lui avait fait porter des douceurs accompagnées d'une missive. Il n'était pas certain de pouvoir assister au baptême de son petit-fils. Maurice et Marion étaient souffrants, ce qu'avait confirmé Catou, la messagère. La mère et le fils étaient victimes d'une indisposition, certainement provoquée par un abus de fruits de mer dont ils étaient friands. Noëlie aurait aimé que son père vienne seul à Vaucluse, ce qui lui aurait permis de tenter une réconciliation avec Lucille mais elle pressentait qu'il n'oserait pas laisser Marion et Maurice à L'Isle.

On frappa à la porte. Angélique se glissa dans la chambre. Ses joues brillaient.

— Je vous ai apporté la robe de baptême de Timothée, déclara-t-elle. Baptistine l'a lavée de nouveau et empesée car, malgré le papier de soie dont elle était enveloppée, quelques pliures marquaient le tissu. Qu'en pensez-vous ?

La robe longue, blanche, garnie de dentelles et le bonnet brodé assorti étaient ravissants. Noëlie sourit à sa belle-mère.

— Merci mille fois, mère. Nous serons honorés et fiers qu'El…

— Chut ! l'interrompit Angélique. Ne prononcez surtout pas le prénom du *petitoun* avant son baptême ! Reposez-vous, ajouta-t-elle, Coline et moi nous occupons de tout.

Si elle était frustrée de ne pouvoir accompagner son fils jusqu'aux fonts baptismaux, Noëlie se pliait volontiers à la tradition. Leur enfant était né, le reste importait peu ! Parentes, voisines et amies avaient accouru pour la visiter dans sa chambre d'accouchée.

Elle portait une chemise de nuit ivoire au col orné de dentelles, réchauffée d'un châle en cachemire. Les cheveux nattés, parfumée à l'eau de Cologne, elle recevait cadeaux et compliments sur le bébé en rosissant de joie et de fierté.

L'après-midi passait en coup de vent. Timothée rayonnait.

— Mon fils n'est-il pas le plus beau, et Noëlie le sermonnait tendrement :

— Chaque père pense la même chose, mon mari.

On attendait du monde pour le baptême et les domestiques s'affairaient dans la bastide. Noëlie se sentait un peu à l'écart de toute cette agitation, bien protégée dans sa chambre, devenue cocon. On venait lui soumettre le menu du repas de fête, lui réclamer les clefs de la cave, ou du cellier, qu'Angélique lui avait confiées le soir de son mariage, et elle se souciait peu de tous ces détails pratiques. Son cœur débordait d'amour pour son bébé. Elle cherchait quelque ressemblance sur son visage. Il dormait souvent les mains ouvertes, ce qui faisait dire à Élise :

— Ce *petitoun* aura bon cœur.

Une certaine complicité était née entre la sage-femme et la jeune accouchée. Élise lui avait prodigué nombre de conseils, et Noëlie préférait se confier à elle plutôt qu'à sa belle-mère. Angélique, en effet, malgré sa joie, avait souvent tendance à « jouer sa grande dame », comme disait Catou en faisant claquer sa langue.

Pour elle, Timothée avait dérogé à son rang le jour où il avait fréquenté la fille aînée d'un marchand de couvertures. Nicolas, son époux, était plus simple mais Angélique ne laissait personne ignorer qu'elle était née dans une famille de magistrats de l'évêché de Digne.

Noëlie esquissa un sourire attendri. Sa belle-mère ne possédait plus le pouvoir de la désespérer en lui reprochant sa stérilité. La naissance de son fils lui avait redonné confiance en elle.

Elle se laissa glisser dans le sommeil, au rythme du berceau qu'elle remuait doucement sur son bâti.

Dehors, il neigeait encore.

Le jour du baptême, la température se radoucit. Un soleil printanier illuminait Vaucluse et les premiers amandiers avaient fleuri au bord des chemins.

Noëlie, toujours alitée, habilla son fils. D'abord les dessous en coton très doux, la chemise ouverte dans le dos, puis enfin la robe de baptême de Timothée et le grand châle en boutis blanc destiné à protéger le bébé du froid.

Elzéar gigotait. Lucille se pencha pour aider son aînée.

— Il est beau, murmura-t-elle, émerveillée.

Elle-même était devenue une jeune fille ravissante. Elle était descendue de la diligence dans un manteau de mérinos gris clair, le visage à demi dissimulé par une capote en velours noir. Elle avait apporté un panier de violettes, qui embaumaient toute la bastide. Elle éludait les questions de Noëlie concernant sa vie privée. Oui, elle aimait son métier de bouquetière, qu'elle exerçait sur le cours Saint-Louis à Marseille tout comme elle aimait l'atmosphère vivante de la ville.

Le soir de son arrivée, Coline la suivit d'un regard suspicieux.

— Elle a bien changé, la petite, marmonna-t-elle.

Était-elle heureuse à Marseille ? Noëlie aurait aimé la savoir fiancée à un garçon sérieux, prêt à fonder une famille.

Mais Lucille riait, secouait la tête en protestant. Elle tenait bien trop à sa liberté pour s'encombrer d'un mari !

— Le parrain n'est pas encore là, glissa-t-elle en soulevant le rideau.

— Patience, ma belle ! répondit Noëlie. Timothée affirme qu'Elzéar est un garçon de parole.

— Parce que tu ne le connais pas toi non plus ?

— Il a bourlingué en Afrique et en Asie. C'est un artiste. Il ne tient pas en place. Timothée et lui correspondent depuis des années sans avoir besoin de se voir.

— Vraiment ? fit Lucille, peu convaincue.

Il était difficile de renouer le dialogue entre les deux sœurs. Lucille avait fait sienne la volubilité marseillaise. Elle avait de l'allure, le sens de la repartie.

— Tu ne peux pas savoir…, confia-t-elle à Noëlie. Je me sens libre, enfin ! depuis que je n'ai plus à subir cette garce de Marion.

Malgré ses efforts, Noëlie ne parvenait pas à sympathiser avec sa belle-mère qui jalousait la position sociale des Viguier.

Timothée entra en coup de vent dans la chambre.

— Les invités sont arrivés tous en même temps !

Il avait fière allure dans son habit noir, sa chemise immaculée à haut col et sa cravate gris perle.

Il fit la grimace.

— Ma chérie, je supporte mal le fait que tu sois cloîtrée dans notre chambre. Tu es sûre de ne pas pouvoir te joindre à nous ?

Noëlie lui sourit tendrement.

— J'ai peur que ta mère n'en fasse une jaunisse ! Mes pensées t'accompagnent. Bientôt, après mes relevailles, nous sortirons tous les trois.

La tradition, en effet, était stricte : l'accouchée ne devait sortir de sa maison que quarante jours après sa délivrance. Elle se rendait alors à l'église accompagnée de la sage-femme et des femmes de sa famille assister à l'office le plus matinal. À la fin de la messe, le prêtre relevait la jeune mère de ses couches. Celle-ci, en souvenir de la Chandeleur, tenait un cierge à la main. Le prêtre lui disait alors : « Va en paix parmi les tiens ! »

Elle tendit les bras à son époux.

— Veille à ce que tout se passe bien. Catou sait ce qu'il faut faire.

— Que deviendrions-nous sans Catou ? s'écria Timothée alors que la servante pénétrait à son tour dans la chambre, après avoir frappé.

Elle le salua en riant sous cape. Noëlie lui avait déjà demandé à plusieurs reprises de venir travailler à la bastide. Catou avait refusé.

— Tant que ton père aura besoin de moi, je resterai à L'Isle. Bien sûr, si un jour ta marâtre me mène la vie trop dure, je ne dis pas non…

Noëlie ne pouvait pas comprendre. Sa mère avait embauché Catou malgré les bruits qui couraient sur elle. La veille de sa mort, la jeune femme avait promis à Anne-Louise de continuer à tenir la maison et de s'occuper des enfants. Elle n'avait pas failli à sa parole.

— Vous allez être en retard, reprocha-t-elle à Lucille et à Timothée. Descendez vite, je vous rejoins avec le *petitoun*.

Noëlie l'avait habillé. Elle signa son fils et déposa un baiser sur chacune de ses mains. Catou l'enveloppa dans une chaude couverture de laine blanche et l'emmena dans ses bras.

Noëlie, un peu lasse, se laissa aller contre ses oreillers. Elle se sentait encore faible, son accouchement avait été long et difficile, bien qu'Angélique eût affirmé qu'il avait été singulièrement rapide ! Elle avait cessé de prêter attention aux propos de sa belle-mère. Celle-ci n'acceptait pas de vieillir et de devoir peu à peu céder la place, même si Noëlie se comportait envers elle avec courtoisie et respect. Les cloches de l'église sonnaient à la volée.

« C'est le baptême de mon fils, mon Elzéar », songea la jeune femme, profondément émue. Elle imaginait le cortège se dirigeant vers Saint-Véran. Lucille devait marcher en tête, fière de porter son filleul.

Émile n'avait pu venir et son père ne s'était pas déplacé de L'Isle. Même si elle en était peinée, Noëlie savait que Timothée et leur fils constituaient désormais sa véritable famille. Elle n'ignorait pas que la cérémonie pouvait durer longtemps à cause des superstitions d'Angélique. En effet, sa belle-mère lui avait précisé le plus sérieusement du monde qu'elle se montrerait vigilante. Personne ne se gratterait la tête dans l'église en sa présence car Elzéar risquait de devenir chauve. Personne non plus ne se frotterait les yeux, et n'exposerait ainsi son petit-fils à la cécité.

Elle tressaillit. À l'instant même où elle s'estimait être la plus heureuse des femmes, elle n'avait pu s'empêcher de penser à Jeanne et à l'enfant aux yeux verts.

13

1865

Chaque printemps, après les grosses pluies d'avril, Noëlie se chaussait de brodequins ferrés et gravissait le chemin de la fontaine afin d'admirer le phénomène de la résurgence. Elle aimait l'impression de paix se dégageant du sentier à demi ombragé, les trilles des oiseaux et le grondement de la Sorgue. Le spectacle des eaux bouillonnantes avait le pouvoir de l'apaiser. Le soleil éclairait un pan de mur du château. À hauteur des cascades, l'eau dévalait sur les pierres moussues. La crête du flot se teintait de reflets turquoise avant de se briser avec fracas contre les rochers.

Elle sourit. Il ne lui serait pas venu à l'idée de se plaindre. Elle était heureuse entre son époux et leur fils, qui venait de fêter ses quinze ans. Elzéar bataillait pour mettre un terme à ses études au collège de Carpentras. Un seul métier l'intéressait, artisan papetier, comme son père, son grand-père et plusieurs générations de Viguier l'avaient fait avant lui.

— Pardi ! Il a été conçu dans l'étendoir du moulin ! rappelait Timothée de temps à autre tandis que les joues de Noëlie s'empourpraient joliment.

Sur le chemin du retour, elle s'arrêta afin de jeter un coup d'œil à la fabrique, installée de l'autre côté de la Sorgue. Des bâtiments avaient été construits autour du Moulin des Sources. L'entreprise Viguier s'était développée, et les récentes mesures gouvernementales laissaient espérer une augmentation des échanges commerciaux.

— Nous sommes les meilleurs ! affirmait sans complexe Elzéar.

Grand, bien bâti, il dépassait déjà sa mère d'une tête. Brun aux yeux verts, il promettait d'être un bel homme.

« Je voudrais avant tout qu'il soit bon et généreux », pensait souvent Noëlie.

C'était elle qui s'était chargée de son éducation avant qu'il n'aille au collège, accordant autant d'importance aux qualités morales qu'aux connaissances.

Malgré son statut de fils unique, Elzéar n'était pas devenu un garçon capricieux. Ses parents y avaient veillé. Ils étaient fiers de lui.

« Déjà quinze ans… », songea Noëlie.

Timothée et elle fêteraient cette année leurs vingt-cinq ans de mariage. Si elle regardait en arrière, elle se disait qu'elle avait changé, bien sûr, mais se sentait toujours jeune, malgré ses quarante-deux ans. La naissance de son fils avait transformé sa vie. Auparavant, elle ne pouvait se défaire d'un sentiment de culpabilité lié à sa stérilité. À partir de 1850, elle avait repris confiance en elle. Ce qui ne l'avait pas empêchée de souffrir horriblement chaque fois qu'elle apercevait Jeanne et son fils. Elle les croisait à L'Isle. Jeanne Arnoux se louait pour faire la bugade[1]. On la disait travailleuse. Il le fallait pour effectuer ce métier difficile.

— Elle se tient bien, prétendait Catou, même si elle a fauté quand elle était jeune.

Pour sa part, Noëlie s'était épanouie. Elle avait créé une société de lecture à Vaucluse. Le premier jeudi de chaque mois, elle retrouvait une demi-douzaine de femmes dans une salle de la mairie mise à leur disposition pour deviser des ouvrages lus durant le mois. Le cas de Baudelaire les divisait. Était-il ou non un auteur scandaleux ?

Noëlie s'en moquait, elle aimait passionnément ses poèmes.

Elle était la seule maîtresse de la bastide depuis la disparition d'Angélique, au cours de l'hiver 1852. Elle était morte la même semaine que son frère, d'une affection similaire, un flux de poitrine. Noëlie avait soutenu Timothée tout au long de la cérémonie, interminable. Les notables de L'Isle, de Pernes, de Carpentras et d'Avignon s'étaient déplacés en nombre pour rendre à Angélique Viguier l'hommage qu'ils n'avaient pu rendre à son époux. Angélique avait réglé elle-même avec le père Augustin

1. La lessive.

chaque détail de ses obsèques, de la musique jusqu'au thème du sermon. Impressionnée, Noëlie s'était demandé si elle avait su comprendre et écouter sa belle-mère. Questions que Timothée avait balayées d'un haussement d'épaules.

— Ma mère a changé le jour où mon père est mort et où elle a appris qu'il refusait des obsèques religieuses, lui avait-il expliqué. Ce jour-là, elle a sombré.

C'était la vérité.

Noëlie s'arrêta au moulin. Elle salua les ouvriers de la salle des piles et monta au bureau de Timothée. Monsieur Thomas, le comptable, travaillait dans une pièce attenante. Avec ses manchettes de lustrine noire et ses lorgnons, il évoquait un hibou. Cela faisait plus de trente ans qu'il se consacrait au Moulin des Sources, penché sur ses documents et ses colonnes de chiffres. La jeune femme le salua gaiement avant de frapper à la porte de Timothée.

Elle comprit au son de sa voix qu'elle le dérangeait. Plongé dans ses pensées, il contemplait une liasse de papiers que Noëlie reconnut.

C'était celle que son beau-père lui avait fait chercher dans le tiroir de son bureau. Les fameux documents dont son époux ne lui avait plus jamais parlé.

Elle se sentit exclue et son cœur se déchira. Elle avait pensé, aux premiers temps de leur union, pouvoir tout partager avec Timothée, pour finalement se rendre compte que c'était impossible. Malgré leur amour, ils avaient chacun leur jardin secret. Noëlie restait en relations étroites avec Lucille et continuait d'écrire à son frère, revenu de la guerre de Crimée avec un bras en moins. Il avait trouvé une place de gardien dans un domaine de la campagne aixoise. Il n'était pas trop mécontent de son sort… Noëlie, cependant, se souvenait du jeune homme fougueux qui conduisait ses chevaux à vive allure et faisait danser les plus belles filles au bal. Elle restait convaincue que le remariage de son père avait brisé l'harmonie de leur famille.

Timothée, quant à lui, était proche d'Elzéar le poète, comme on le nommait pour le différencier de son filleul. L'éternel voyageur aurait souhaité épouser Lucille, qui avait poliment décliné sa demande. « Tirer le diable par la queue… non merci ! » Même si le rimailleur composait des poèmes empreints de mélancolie, Lucille n'avait pas l'intention de l'entretenir.

Noëlie avait souri lorsque sa jeune sœur lui avait tenu ce discours. Elle admirait sa détermination. D'une certaine manière, Marion lui avait permis de conquérir son indépendance.

Timothée sourit à son épouse.

— Que se passe-t-il ? Rien de grave, j'espère ?

Elle se sentit rougir.

— Oh ! Trois fois rien… Je voulais juste venir t'embrasser.

Y avait-il une autre femme dans sa vie ? Cette Jeanne, dont elle s'était toujours défiée ? Son regard vira au noir.

Timothée lui tendit la main.

— Viens là, ma belle. Pardonne-moi, je songeais à mon père. Plus j'avance en âge, plus il me manque. Je me demande souvent quelles décisions il aurait prises à ma place.

— Je l'aimais beaucoup, souffla Noëlie.

Son propre père vieillissait mal. Poussé par Marion, qui était dépensière, il avait hypothéqué la fabrique. Les soucis financiers lui avaient aigri le caractère. Marion exigeait le meilleur pour Maurice, qui ne manifestait guère de dispositions pour le travail.

Timothée soupira avant de ranger les documents dans une chemise cartonnée.

— Tout cela, c'est le passé, marmonna-t-il.

Elle voyait bien, cependant, qu'il demeurait soucieux, comme si la lecture de la liasse l'avait ébranlé. Elle se laissa couler contre lui.

— Monsieur mon mari, il serait peut-être temps de nous accorder le voyage de noces que vous m'aviez promis... il y a de cela bientôt vingt-cinq ans !

D'un geste preste, elle appliqua la main sur ses lèvres :

— Non ! Je n'écouterai pas une seule de vos mauvaises excuses. Une promesse est une promesse !

Il posa les mains bien à plat sur la table.

— Rome ou Naples ?

— Venise ! répondit-elle sans hésiter.

Elle aurait voulu lui dire combien elle avait besoin de se retrouver seule avec lui, de visiter d'autres pays, de découvrir des artistes inconnus... À présent, elle savait qu'Elzéar n'allait pas tarder à mener sa propre vie. C'était dans l'ordre des choses, et elle préférait qu'il en fût ainsi mais... comme la grande maison allait lui sembler vide le jour où il partirait !

— Nous irons donc à Venise, reprit Timothée.

Elle devait se contenter pour l'instant de cette semi-victoire. Elle sourit.

— Essaie de ne pas oublier !

En s'esquivant, elle songea qu'elle aurait aimé détruire cette chemise cartonnée. Et cette réaction lui ressemblait si peu qu'elle se jura de ne plus y penser.

14

1874

Chaque semaine, Elzéar Viguier suivait le chemin de la fontaine et se rendait jusqu'à la résurgence en compagnie de Passepartout, son chien, un griffon ébouriffé.

Tout au long du chemin, il s'imprégnait du paysage, et songeait à Pétrarque. Dans la famille d'Elzéar, on vouait depuis longtemps une profonde admiration au poète. Les fêtes de juillet prochain, commémorant la mort de Pétrarque, seraient célébrées avec faste : concours de poésies, assises littéraires internationales, réception d'un ministre italien, pose d'une plaque portant deux médaillons de Laure et Pétrarque… L'éclat de ces manifestations rejaillirait sur le bourg, ce qui contribuerait à attirer toujours plus de visiteurs.

Elzéar avait eu l'idée de proposer à la vente, dans une salle attenante au moulin, du papier destiné aux touristes d'une qualité encore supérieure.

Le succès avait été immédiat, si bien qu'il avait demandé à sa mère si elle voulait bien venir aider Hortense, la jeune femme qu'il avait embauchée pour les jours d'affluence.

Son père lui avait dit qu'il était fier de lui, ce qui avait illuminé la journée d'Elzéar. S'il n'avait jamais douté de l'amour de ses parents, il s'était toujours senti plus à l'aise avec sa mère qu'avec son père. Timothée, en effet, était sévère et avait insisté pour que son fils sût maîtriser toutes les tâches effectuées au Moulin des Sources. Elzéar était ainsi tour à tour devenu ouvreur, leveur et lisseur.

À vingt-quatre ans, il était un ouvrier polyvalent, reconnu comme tel par les employés du moulin. Il aimait son travail, l'atmosphère particulière régnant dans la salle des piles et, par-dessus tout, l'odeur du papier, indéfinissable pour les profanes, qu'il conservait sur ses mains.

Il s'arrêta au bord du gouffre, contemplant, fasciné, la source couleur émeraude. Un jour, il en était convaincu, on percerait le mystère de la Sorgue. Il aimait cette rivière, *sa* rivière, si parfaitement adaptée aux moulins à papier. Lorsqu'il avait effectué des recherches sur l'activité familiale, il avait en effet découvert ces recommandations d'un certain père Imberdis, jésuite du XVIIe siècle :

Je tiens pour la meilleure [eau] celle dont le cristal pur et transparent laisse apercevoir le plus petit grain de sable sous sa profondeur.

La Sorgue, limpide, correspondait exactement à cette description.

L'été, Elzéar allait se baigner en compagnie d'amis de son âge. Son père lui avait appris à nager alors qu'il avait à peine six ans. Déjà, à l'époque, il l'impressionnait. Elzéar devinait une retenue dans le comportement de Timothée, comme si celui-ci n'osait pas exprimer ses sentiments pour son fils.

Cette attitude l'intriguait, parfois, sans pour autant le tourmenter. Son père devait avoir ses raisons.

Il siffla Passepartout qui suivait quelque piste et fit demi-tour. Le soleil, encore haut dans le ciel sans nuage, annonçait le retour des beaux jours.

Son chien sur les talons, Elzéar descendit le sentier caillouteux. Il avait l'impression d'en connaître chaque pierre, tant il l'avait arpenté. Pourtant, il glissa sur une roche lisse, tenta de se rattraper avant d'entrer en collision avec un personnage des plus curieux, qu'il avait déjà entrevu dans Vaucluse.

— Pardon, bredouilla-t-il, gêné de ne pas croiser son regard.

C'était une femme à qui il était impossible de donner un âge. Elle portait une longue robe sombre, un chapeau, un voile et des brodequins noirs.

Elle ne lui répondit pas et Elzéar aurait passé son chemin si une voix juvénile n'avait grondé :

— Ne pourriez-vous faire attention ? La *contessa* est fragile, elle a failli tomber.

Son chapeau à la main, il se confondit en excuses sous l'œil furieux d'une jeune personne tout de blanc vêtue, depuis l'ombrelle jusqu'aux souliers de chevreau, fort peu appropriés en la circonstance.

Le contraste entre les deux femmes était trop saisissant pour être involontaire. Elzéar sourit, ce qui eut pour effet d'accentuer la mauvaise humeur de la jeune fille.

— Vous me faites penser à un jeu de dominos, fit-il remarquer, rieur.

Elle haussa les épaules et pressa le pas pour rattraper celle qu'elle avait appelée la *contessa.* Un parfum indéfinissable l'enveloppait.

Sous le charme, Elzéar demeura immobile, son chapeau à la main.

— Hé ! Tu veux prendre racine ? lui lança Barthélémy, le santonnier, qui rejoignait le jeune homme.

Le fils de Noëlie tressaillit et balbutia :

— Hein ? Quoi ? Tu disais ?

Barthélémy se mit à rire.

— Tu l'as vue toi aussi, la belle fille en blanc, à ce qu'on dirait ! Ça ne fait pas trois jours qu'elle est en ville et elle a déjà mis la tête à l'envers aux jeunes coqs du pays !

— Elle habite en ville ?

Le sourire du santonnier s'élargit.

— Ça t'intéresse, pas vrai ? Elle loge avec sa patronne à l'hôtel *Pétrarque et Laure.*

— C'est bien, c'est bien, répondit distraitement Elzéar.

Il échafaudait déjà un plan. Il allait devoir requérir l'aide de Noëlie.

La chambre qu'elle occupait était plus petite et ne disposait pas de la même vue que celle de la *contessa* mais cela n'avait pas la moindre importance. Du moment qu'elle était libre de s'y réfugier le soir après son service, elle s'estimait satisfaite. Les meubles, en pitchpin, la courtepointe de boutis et les rideaux d'indienne composaient un décor simple mais chaleureux. Tout ce dont elle avait manqué durant l'enfance. Après le dîner, elle buvait un tilleul avec la *contessa*, l'accompagnait jusqu'à ses appartements. Elle lui préparait ses vêtements de nuit, l'aidait à ôter son corset avant de regagner son domaine. Là, elle pouvait lire à loisir, et tenter d'oublier. Elle avait éprouvé une sensation bizarre en croisant le regard de l'inconnu bien bâti, sur le chemin de la fontaine. Elle avait perçu son trouble et, curieusement, n'avait pas ressenti de crainte. Seulement le désir de mieux le connaître.

Elle haussa les épaules. Sa patronne lui rappelait souvent qu'il fallait se défier des hommes. Elle-même, veuve depuis près de vingt ans, voyageait une partie de l'année au gré de ses désirs avant de retourner dans sa demeure avignonnaise, dominant le Rhône.

La *contessa* Anna Santangelo possédait des rentes conséquentes et n'avait pas de famille, ce qui lui permettait de vivre à sa guise.

Les deux femmes s'étaient rencontrées dans la librairie *Roumanille*, à Avignon. La *contessa*, grande admiratrice du Félibrige[1], désirait acquérir *Calendal*, le dernier ouvrage de Frédéric Mistral, mais ignorait tout du provençal. La jeune fille le lisait et le parlait couramment. Elles avaient devisé. En moins d'une heure, elle avait été engagée comme lectrice.

Songeuse, elle s'accouda à la fenêtre. Depuis qu'elle avait, vers treize ans, découvert l'histoire de Laure et de Pétrarque, elle avait souvent rêvé de Vaucluse. Dommage, elle ne croyait pas à l'amour éternel ni à tout ce mythe bâti autour du poète et de la mystérieuse Laure.

Elle s'efforçait simplement de survivre.

---

1. Association littéraire créée le 21 mai 1854 par F. Mistral et six autres poètes provençaux afin de restaurer et de sauvegarder la langue provençale.

15

1874

Le jardin de l'hôtel, en bordure de Sorgue, offrait des bancs de pierre à l'ombre des platanes. La proximité de la rivière procurait une fraîcheur bienvenue.

L'endroit, d'une beauté sereine, incitait à la rêverie. Clélia, cependant, n'en avait guère le temps. La *contessa* était souffrante, et la jeune fille tentait de prendre un peu l'air avant de retourner à son chevet. Madame avait abusé du poisson, des desserts et du vin. Elle était parfois sujette à des crises de gloutonnerie, incompatibles avec la maîtrise d'elle-même qu'elle prônait en toutes circonstances.

Toute la nuit, Clélia s'était empressée auprès d'elle, faisant la navette entre la chambre et le cabinet de toilette, renouvelant régulièrement les compresses fraîches sur son front et lui préparant des tisanes. Le médecin venu au petit matin avait ordonné la diète et le repos complets. Prescription qui avait fait bougonner la *contessa*. Ne prévoyait-elle pas une excursion au mont Ventoux afin de goûter les truffes d'une auberge réputée ?

L'air fleurait bon le lilas. Lasse, Clélia exposa son visage à la tiédeur du soleil de mai. À cet instant, peu lui importait de préserver l'éclat de son teint. Sa vie auprès de la *contessa* lui pesait soudain. Pourtant, elle savait qu'elle n'avait guère le choix. Anna Santangelo avait eu la témérité de la prendre à son service sans références. Clélia lui en était reconnaissante, et ce même si le caractère de la vieille dame n'était pas toujours facile.

Amusée, elle suivit du regard une escadre de canards qui cancanait à tue-tête. Il faisait si bon qu'elle aurait volontiers fermé les yeux… rien que pour quelques minutes…

— Mademoiselle !

Réveillée en sursaut, Clélia se redressa d'un coup.

Une femme d'âge mûr, encore belle, lui souriait.

— Vous avez laissé tomber votre livre, lui dit-elle en lui tendant un exemplaire de *Madame Bovary*.

Clélia rougit comme si elle avait été prise en faute. N'était-ce pas la vérité ? Elle s'était endormie alors que la *contessa* avait peut-être besoin d'elle…

Elle balbutia un remerciement avant de se lever du banc de pierre et de marcher à grands pas vers l'auberge.

Noëlie Viguier la suivit d'un regard pensif. Elle avait cédé aux insistances d'Elzéar et flâné dans les environs de leur hôtel afin de tenter de lier connaissance avec les deux femmes. Malgré ses efforts, elle avait plutôt le sentiment d'avoir échoué. Rien ne s'était passé comme son fils l'avait projeté. La jeune fille était ravissante en vérité, mais Noëlie ne ressentait pas de réelle sympathie pour elle. Comme si quelque chose, dans son regard, dans sa façon de se mouvoir, l'en avait empêchée. Elle haussa les épaules. Les deux voyageuses ne s'attarderaient pas à Vaucluse, Elzéar oublierait la jeune beauté aux cheveux blond vénitien.

Pourtant, au fond d'elle-même, elle n'en était pas certaine.

L'odeur de pâte à papier ne le dérangeait pas, bien au contraire. Elzéar passa la main sur la feuille lissée comme pour en éprouver le grain. Pour lui, cette commande était un peu particulière puisqu'elle était destinée à l'impression d'un nouvel ouvrage consacré à Laure. Depuis des lustres, différentes théories s'opposaient sur l'identité de Laure. Pourtant, pour lui, elle n'avait qu'un seul visage. Celui de la jeune fille croisée sur le chemin de la fontaine.

Il l'avait de nouveau entrevue à l'église. Elle donnait le bras à sa compagne, toujours enveloppée dans de longs voiles noirs. Il avait essayé de jouer des coudes à la sortie de l'office pour lui offrir de l'eau bénite mais les deux femmes s'étaient éclipsées avant qu'il n'y fût parvenu. Noëlie, qui accompagnait son fils, avait remarqué ce manège fort peu discret. Le papetier paraissait sous le charme. La mère et le fils avaient devisé sur le chemin du retour. Noëlie s'était efforcée de convaincre Elzéar que la jeune fille ne resterait guère longtemps à Vaucluse, en vain.

— C'est la femme que j'aime, s'était obstiné Elzéar avec fougue.

Jusqu'à présent, il était si désireux de prouver ses capacités à son père qu'il s'était assez peu soucié des femmes. Ses parents savaient qu'il se rendait de temps à autre à Carpentras ou à Avignon avec ses meilleurs amis, Clément et Mathieu. Son père et lui avaient eu, une fois, une discussion à ce sujet. Noëlie ne s'en mêlait pas, c'était le rôle de Timothée. Elle faisait confiance à son fils. En revanche, elle se défiait de la jeune fille en blanc. Timothée ne partageait pas ses inquiétudes.

— Elzéar sait ce qu'il fait. De plus, tu dis toi-même que sa belle l'a ignoré à la sortie de l'église. Va… elle ne tardera pas à retourner en ville.

C'était la sagesse même. Elle donna ses instructions à Coline et prit la jardinière pour se rendre à L'Isle. Catou lui avait appris que son père était au plus mal. Soucieuse, Noëlie roula bon train sur la route. À hauteur de Velleron, elle s'émut au souvenir de sa première rencontre avec Timothée. Il y avait de cela près de trente-cinq ans… et, pourtant, elle était toujours éprise de lui.

L'Isle était animée, comme toujours. La beauté de la ville, le dynamisme de ses commerces attiraient de plus en plus de visiteurs.

Catou la guettait sur le seuil de la maison familiale. Noëlie s'en alarma. Le valet dételа sa jument tandis qu'elle pénétrait à l'intérieur de la demeure.

L'odeur familière, un mélange de cire d'abeille, de soupe longuement mijotée sur le potager et de lavande la saisit au cœur.

— Le docteur est venu hier soir, précisa Catou après l'avoir embrassée. Pour lui, le cœur est usé.

Noëlie opina tristement. Il y avait longtemps que son père et elle s'étaient éloignés l'un de l'autre. Depuis son remariage avec Marion.

— Où est-elle ? s'enquit-elle sans avoir besoin de la nommer.

Catou pinça les lèvres. Sous sa coiffe, Noëlie apercevait quelques mèches blanches. Elle n'avait pourtant jamais imaginé que Catou, sa Catou, vieillirait un jour.

— Là où elle passe les trois quarts de son temps, chez son amie Julia. Une drôle de paroissienne, celle-ci, crois-moi ! Mais, vois-tu, ton père lui a toujours cédé sur tout. Comme il faisait jadis avec Lucille… Comment va notre petite ?

— Sa boutique de fleurs à Marseille est prospère. Elle affirme toujours qu'elle ne veut ni mari, ni enfants. Je crois qu'elle ne changera plus d'avis, à présent.

— Si cet état lui convient…

Le visage de Noëlie se crispa. Elle n'avait rien oublié de son combat pour devenir enfin mère.

— Je monte voir père, décida-t-elle.

Si elle s'étonna de le trouver installé dans son ancienne chambre, côté nord, elle s'abstint de toute remarque. Apparemment, Marion s'était réservé la grande chambre parentale donnant sur la cour intérieure.

Malgré la fenêtre entrouverte, Benoît Saurel respirait difficilement. Noëlie fut saisie par la dégradation de son état en moins de deux semaines. Accoté à ses oreillers, le visage blême, les lèvres bleuies, il accueillit sa fille avec une esquisse de sourire.

— Il était temps…, souffla-t-il.

Noëlie s'agenouilla à son chevet. Elle caressa doucement les mains amaigries, veinées de bleu.

— Je suis là, père. Ne parlez pas, vous vous fatiguez…

Il exhala un soupir.

— Quelle importance, maintenant ? C'est la fin, ma fille, j'ai fait mon temps, à septante ans bien sonnés. C'est la fabrique qui me soucie. Maurice… tu connais ton frère…

Elle hocha la tête. À trente-trois ans, son demi-frère était resté le même, négligent, paresseux et joueur.

— J'ai vu mon beau-frère Alcide, le frère de ta pauvre maman, reprit Saurel. Tout est écrit sur le papier. Marion garde l'usufruit de la maison, et une rente. Lucille, Émile et toi toucherez un petit capital. Maurice devra s'occuper de la fabrique. Il faudrait que Timothée lui donne des conseils…

Qu'il n'écouterait pas, Noëlie en était convaincue. Maurice n'était pas un mauvais garçon mais il n'avait pas le moindre goût pour l'effort. Outrageusement gâté par sa mère, il buvait sec, courait les filles et se souciait peu de vendre les couvertures de la fabrique.

Elle acquiesça cependant, pour tranquilliser son père. Il tendit la main vers sa joue.

— Tu as toujours été une bonne fille, Noëlie. Moi, en revanche, je ne suis pas sûr d'avoir été le meilleur des pères. Tu tiens de ta mère, une belle âme, et une grande dame.

Les yeux emplis de larmes, elle lui serra les mains, comme si elle avait eu le pouvoir de le retenir auprès d'elle.

Avec un petit sourire empreint de mélancolie, il reprit :

— Il ne faut pas en vouloir à Marion, tu sais, elle est comme Maurice, elle ne voit que son plaisir...

Un spasme l'interrompit. Il se redressa, ouvrit désespérément la bouche pour chercher de l'air.

— Je suis là, père, dit Noëlie.

Elle se pencha pour le soutenir. Il expira dans ses bras, en l'espace de quelques instants.

Catou, qui était restée en retrait, se précipita à son aide et lui ferma les yeux.

— Laisse-moi faire, à présent. C'est bien d'avoir été là. Ne pleure pas, petite. Ou plutôt, pleure un bon coup. C'était un brave homme, tu sais, c'est cette fichue garce de Marion qui l'a éloigné de vous.

Elle parlait, parlait, comme pour chasser la mort. Noëlie, sous le choc, songeait à sa mère et à ses souvenirs d'enfance. Elle pleura, longuement, sur ce qui n'était plus. Elle pressentait qu'elle ne reviendrait pas souvent dans cette maison dont même l'ombre de sa mère semblait avoir été chassée.

Auprès d'elle, Catou s'affairait.

— Va envoyer un télégramme à Lucille, lui conseilla-t-elle. Et si tu peux passer à la fabrique… avec un peu de chance, tu y trouveras Maurice.

Noëlie allait franchir le seuil de la chambre quand Catou la rappela :

— Si tu es toujours d'accord, je viendrai m'installer à Vaucluse le soir de l'enterrement. Pas question que je travaille pour elle.

— Nous te ramènerons avec nous, promit Noëlie.

Cette perspective la rasséréna. Avec Catou à ses côtés, elle redouterait moins le temps qui s'écoulait…

16

1875

Noëlie avait toujours eu une secrète préférence pour le mois de mai. Roses, glycines, lilas, iris mêlaient leurs couleurs dans une exubérance pleine de gaieté. Sur le chemin de la fontaine, le soleil jouait à cache-cache avec les frondaisons des arbres.

Au retour des beaux jours, les auberges rouvraient leurs portes, installaient les terrasses. Les dimanches étaient de plus en plus animés, une foule joyeuse venait pique-niquer ou déjeuner au restaurant en bordure de Sorgue.

Pourtant, en ce samedi radieux, Noëlie était mélancolique. Dans moins d'une heure, elle conduirait Elzéar à l'autel de Saint-Véran pour son mariage et elle ne pouvait se défaire d'un sentiment d'angoisse.

Timothée et elle avaient tenté de convaincre leur fils de renoncer à son projet, en vain. Éperdument amoureux de Clélia, il refusait d'entendre les réticences de ses parents. Certes, la jeune fille était d'une beauté rare, et parfaitement bien élevée, mais il y avait autre chose d'indéfinissable chez elle qui effrayait Noëlie. Catou l'avait perçu, elle aussi.

— Cette fille-là porte malheur, avait-elle murmuré en se signant le jour où elle l'avait aperçue pour la première fois.

Elzéar avait manœuvré en bon stratège. Il s'était déjà attiré les bonnes grâces de la *contessa* en lui proposant de visiter Le Moulin des Sources. Sa mère, s'y trouvant ce jour-là, avait convié les deux femmes à prendre le thé à la bastide.

Conquise, la *contessa* Santangelo avait devisé littérature avec ses hôtes sous le regard impassible de Clélia. Tout naturellement, elle avait incité sa jeune lectrice à accepter l'invitation d'Elzéar qui s'offrait pour l'emmener aux joutes nautiques de L'Isle-sur-la-Sorgue. C'était certainement elle aussi qui avait persuadé Clélia de la nécessité de se marier. Elle y avait fait allusion un après-midi.

— Je ne suis pas éternelle, avait-elle confié à Noëlie, et Clélia n'a pas de famille. Que deviendra-t-elle après ma mort ?

Noëlie était partagée. Certes, elle devait reconnaître qu'elle ne pouvait rien reprocher de précis à Clélia, sans parvenir pour autant à surmonter son impression de malaise. Moins catégorique que Catou, Noëlie avait néanmoins peur pour son fils. Elzéar était fou de Clélia mais Clélia ne laissait rien voir de ses sentiments. La jeune fille avait insisté pour que les noces fussent célébrées au début du mois de mai.

— Je ne suis pas attachée à ces superstitions d'un autre âge ! avait-elle répliqué quand Noëlie lui avait fait remarquer que jamais, au grand jamais, on ne se mariait pendant le mois de Marie.

Catou avait alors marmonné :

— Ce ne sont pas des superstitions mais des interdits.

Et de rappeler :

— *Au mes de mai, si marido que les ai*[1].

Ainsi que le vieux dicton :

— Noces de mai, noces mortelles.

Réflexions qui avaient provoqué le rire de Clélia. Elle avait soufflé :

— Il y a déjà longtemps que je suis morte.

Saisie, Noëlie avait frissonné. Qui était réellement cette jeune fille à la beauté irréelle ? Il avait bien fallu s'incliner.

— Ne te rends pas malade, ma femme, lui avait recommandé Timothée. Elzéar a fait son choix, il aura un beau mariage.

Elle s'y était employée, quoi qu'elle en pensât. Clélia n'avait pas de famille, ni de dot, ce qui ne gênait pas vraiment la mère d'Elzéar. Mais elle ne possédait pas non plus de trousseau. D'où venait-elle donc, pour ne pas avoir commencé à broder draps et serviettes depuis l'enfance ?

Noëlie avait invité sa future belle-fille à l'accompagner à Carpentras. Elle l'avait conduite passage

---

1. Au mois de mai, ne se marient que les ânes.

Boyer et lui avait constitué un trousseau digne de ce nom chez des commerçants réputés pour la qualité de leurs articles.

Clélia s'était montrée polie, sans chercher à dissimuler son indifférence.

— Si nous vivons à la bastide, je n'aurai pas besoin de tout ce linge, avait-elle fait remarquer avec justesse.

Noëlie, impressionnée par sa beauté parfaite, s'était émue de la voir essayer sa toilette de mariée. Clélia avait choisi une soie sauvage couleur ivoire qui faisait ressortir la teinte rare de sa chevelure, un blond chaud et lustré. La robe, qui mettait en valeur l'extrême finesse de sa taille, avait peu d'ampleur et s'ornait au col et aux poignets de dentelle de Calais. Gants à petits boutons de nacre, voile brodé, bouquet de lys et de roses blanches, ombrelle, souliers de chevreau blancs complétaient sa tenue.

Le matin du mariage, Catou coula un regard maussade vers le ciel.

— Il fait grand beau, il ne pleut même pas ! soupira-t-elle, faisant allusion à la vieille tradition qui voulait que la pluie fût signe d'abondance et de bonheur pour les mariés.

Malgré les protestations d'Elzéar, elle glissa une poignée de gros sel dans la poche de sa veste sombre.

— On n'est jamais assez prudent, commenta-t-elle à mi-voix.

En d'autres circonstances, Noëlie s'en serait amusée. Elle se sentait seulement triste, désenchantée, ce qui ne lui ressemblait pas.

Elle jeta un coup d'œil distrait à son reflet dans le grand miroir de Venise. Timothée lui affirmait qu'elle était toujours aussi belle. L'amour le rendait aveugle ! lui répondait-elle en riant. Si elle était restée svelte et si les rides avaient épargné son visage, de grandes mèches blanches striaient sa chevelure. Pour le mariage de son fils unique, elle étrennait une robe de taffetas façonné indigo. Sa couturière s'était surpassée en dotant le corsage de la robe de manches pagodes à plis plats et d'une application en pointe au dos. Noëlie avait sacrifié à la mode des châles grenadine lancée par l'Impératrice Eugénie. Celui-ci, noir, bordé de longues franges sur fond de soie satinée, s'accordait à ses fins souliers de la même couleur.

— N'oubliez pas vos ors, madame Noëlie ! recommanda Coline.

Personne n'aurait compris si elle n'avait pas arboré les bijoux que Timothée lui avait offerts tout au long de leur vie commune. Le coulas, un gros bracelet d'or, était réservé aux grandes occasions. Noëlie le trouvait en effet trop lourd. D'ordinaire, elle ne quittait pas sa croix Jeannette, suspendue à une fine chaîne. Elle lui venait de sa mère, et elle y était particulièrement attachée. Elle gardait sa Maintenon, une croix sertie de sept diamants, pour les jours de fête, tout comme la rivière que Timothée lui avait donnée à la naissance de leur fils. Très élégante, composée de chaînes d'or et de cabochons dans lesquels de petits diamants étaient insérés, elle rehaussait n'importe quelle toilette. Coline termina par les crémascles, de longs pendants d'oreille en or ciselé.

— Voilà ! s'écria-t-elle, satisfaite.

Noëlie secoua la tête en riant.

— Je suis harnachée comme un cheval pour la parade ! Qu'en penses-tu ? reprit-elle en se tournant vers le maître de maison.

— Tu es resplendissante, mon épouse, déclara-t-il machinalement tandis que Coline s'éclipsait.

Curieusement, le cœur de Noëlie se serra. Elle aurait souhaité… elle ne savait quoi, que Timothée la considérât plus comme son amante que comme sa femme. Après trente-cinq ans de mariage… Elle eut envie de se moquer d'elle-même. Ne réagissait-elle pas comme une enfant gâtée ?

Pourtant, elle devinait que c'était plus complexe. Elle n'avait pas oublié ces longues années durant lesquelles elle avait horriblement souffert de ne pas avoir d'enfant. Il lui en était resté un sentiment confus de jalousie à l'égard de Jeanne. Leurs chemins ne s'étaient pas croisés depuis des lustres mais Noëlie ne l'avait pas effacée de sa mémoire. Et Timothée ? Pensait-il encore à cette femme, mère d'un garçon qui était peut-être le sien ? Elle n'avait jamais osé le lui demander, de crainte de faire resurgir les ombres du passé.

— Allons, reprit le maître de maison. Où notre fils s'est-il donc caché ?

Elzéar les attendait dans le vestibule. Il portait beau dans son habit sombre, sa cravate blanche nouée à flots et son gilet sans col de couleur claire. Il tenait son chapeau à la main.

— Mère, je ne me sentirai rassuré que lorsque nous serons bel et bien mariés, confia-t-il à Noëlie.

Elle osa lui dire :

— De qui n'es-tu pas certain ? De toi ou de Clélia ? et son regard attristé la peina. C'est jour de fête, aujourd'hui, rappela-t-elle. Mais il est encore temps de tout annuler si tu as le moindre doute…

Il fallait qu'elle prononçât ces paroles. Sinon, elle ne se le serait jamais pardonné. Elzéar ne put réprimer un sursaut.

— Mère ! J'aime Clélia plus que tout.

« Mais elle… t'aime-t-elle avec la même passion ? » pensa Noëlie, le cœur lourd.

Elle y songeait encore sur le parvis de l'église, alors que les cloches sonnaient à la volée. Si Elzéar souriait à leur famille et à leurs amis, Clélia demeurait lointaine. Inaccessible. Seule la *contessa* l'avait accompagnée.

— Je n'ai plus de famille, personne, avait affirmé la jeune fille en réponse aux questions pressantes de ses beaux-parents.

Sans pouvoir expliquer pourquoi, Noëlie était persuadée qu'elle avait menti.

Elle avait détourné la tête.

« *Vivo li novi !* » criaient les enfants de Vaucluse. Les invités leur lancèrent des dragées et des pièces de monnaie. Noëlie, qui supportait mal de les voir se battre, leur fit distribuer à chacun des douceurs.

Le cortège se forma à nouveau et prit le chemin de la bastide. Les mariés marchaient en tête, précédés par la musique.

— Eh bien… voilà notre fils marié, commenta Timothée d'un ton indéfinissable.

L'émotion le rendait maladroit. Noëlie lui sourit sans mot dire. Coline et Catou avaient tout préparé suivant ses instructions et Claudette, qui se louait comme cuisinière, était venue leur prêter main-forte.

Il faisait déjà chaud sous les ombrages du jardin. Les tables étaient dressées en demi-cercle, recouvertes de nappes damassées. Clélia avait orné chaque couvert de lilas blanc et de boutons de rose. Chacun admira la décoration, le cadre, le beau temps… tout était parfait.

Pourtant, Noëlie ne parvenait pas à se libérer de la mélancolie sourde qui l'obsédait.

« Sainte Vierge, faites que mon Elzéar soit heureux », pria-t-elle.

Le déjeuner de noces s'éternisa. Il faisait si bon, sous les platanes ! Et le menu avait de quoi satisfaire les plus exigeants. Bouchées à la Reine, hors-d'œuvre variés, dorades grillées, filets aux champignons, poulardes de Bresse, haricots verts, salade, bombe Petit Duc, pièce montée, gâteaux glacés et fraises à la crème s'étaient succédé, accompagnés de châteauneuf-du-pape et de tavel.

Noëlie acquiesça d'un battement de cils quand son fils lui chuchota qu'ils allaient partir. Les mariés s'esquivèrent avant le crépuscule. Les convives eurent beau chercher, ils ne les trouvèrent pas.

Seuls Noëlie et Timothée savaient qu'ils avaient pris la route de Marseille.

17

1875

Ce n'était pas le bruit du ressac qu'elle avait imaginé en se référant à ses souvenirs de l'océan Atlantique, non, plutôt un léger froissement soyeux, qui l'attirait. Pieds nus, en chemise, elle traversa le jardin de l'hôtel et courut jusqu'à la Méditerranée. La lune pleine argentait le sable et la crête des vaguelettes qui ridaient la surface de la mer. Elle marcha sur le sable mouillé, huma le léger parfum d'embruns plus perceptible durant la nuit.

Elle avait cru pouvoir tout oublier mais ce n'était pas vrai. Recroquevillée au creux du grand lit, elle avait désespérément souhaité s'enfuir. Les yeux clairs d'Elzéar reflétaient un amour tel qu'elle y avait renoncé.

La *contessa* l'avait mise en garde :

— Il est souvent difficile d'exister aux côtés d'un homme qui vous aime trop.

Sur le moment, Clélia avait souri. Elle avait tant besoin d'être aimée…

Ils avaient passé leur première nuit à Marseille, dans une ravissante auberge dominant l'Estaque. Clélia était si fatiguée qu'à peine couchée, elle s'était endormie dans les bras d'Elzéar. Il avait veillé sur son sommeil toute la nuit. Au petit matin, alors que le soleil se faufilait à l'intérieur de la chambre, ils s'étaient aimés, lentement, avec une intensité presque douloureuse.

Elle avait pensé, alors, que la vie reprenait ses droits. C'était faux. La crainte était toujours là, tapie dans la chambre, prête à surgir à la moindre occasion. Clélia en avait désormais la certitude, la peur ne la quitterait jamais.

C'était une idée d'Elzéar. Il avait suggéré qu'ils se fassent photographier à Arezzo, la ville natale de Pétrarque. En souvenir.

Clélia était tombée sous le charme des toits de tuiles d'un délicat ton rose ocré, des maisons s'emboîtant les unes dans les autres, de la campagne toscane environnante.

— Vous êtes comme la *contessa*, passionné de Pétrarque, avait-elle fait remarquer à son mari.

Il l'avait enveloppée d'un sourire tendre. Comment lui faire partager cette admiration que, de génération en génération, les Viguier vouaient au poète ? Pétrarque était profondément respecté à Vaucluse.

— Je pense que vous comprendrez cet attachement, à la longue, s'était-il borné à déclarer.

Chaque fois qu'il la contemplait, Elzéar s'émerveillait. Cette beauté aux attaches fines était sa femme ! La nuit, il la serrait contre lui, comme s'il avait peur qu'elle ne lui échappât. Certes, elle manquait de fougue et se montrait particulièrement réservée mais Elzéar savait que les jeunes filles ne pouvaient être comparées aux lorettes. Avec le temps, il était bien décidé à apprivoiser sa jeune femme.

Le soleil dorait les façades des maisons. L'ombre était déjà bienvenue. Après avoir passé une journée à visiter le Duomo, la Piazza Grande et la Casa Vasari d'Arezzo, Elzéar avait eu envie d'emmener Clélia à Sansepolcro.

Il s'était mis d'accord avec le conducteur d'un cabriolet, qui se louait à la journée. Giovanni baragouinait quelques mots de français. Elzéar avait demandé un panier pique-nique à l'hôtel où ils étaient descendus. Le temps, superbe, promettait une journée idyllique. Et en effet, Clélia avait apprécié la promenade. Dans sa robe couleur pêche, sous la paille à large bord qui protégeait son teint, Clélia ressemblait aux modèles des peintres de la Renaissance.

Ils avaient déjeuné au pied d'un chêne vert et convié Giovanni à partager leur repas. La campagne semblait inchangée depuis l'époque étrusque. Ils avaient parlé de Piero della Francesca, l'illustre artiste né à Sansepolcro, et le cocher leur avait proposé de les conduire à Monterchi où l'on gardait précieusement une vierge réalisée par le maître, la *Madonna del Parto*.

— Pourquoi pas ? avait accepté Clélia.

Parfois, Elzéar se disait qu'il aurait tout donné pour faire éclore sur ses lèvres un sourire. Son épouse était d'humeur changeante, capable de passer du rire aux larmes sans transition. Cela lui aurait fait presque peur s'il ne s'était pas répété qu'étant elle-même artiste (elle jouait du piano avec beaucoup de sensibilité), cette attitude était tout à fait compréhensible.

Les collines faisaient le dos rond sous le soleil. Une paix palpable régnait sur l'endroit. Elzéar se sentait en communion profonde avec le paysage. Impossible, cependant, de savoir si Clélia éprouvait les mêmes sentiments. Elle ne laissait rien voir de ce qu'elle pensait. Cela le gênait toujours un peu, comme s'il avait eu à ses côtés une belle plante dépourvue d'âme…

À Monterchi, le cocher les déposa dans le centre du village. Elzéar avait consulté son guide *Joanne* avant de projeter cette excursion. Il expliqua donc à Clélia que la fresque de deux mètres sur trois avait été réalisée aux alentours de 1455 pour la ville natale de la mère de Piero della Francesca. Peinte pour le maître-autel de l'église Santa Maria di Momentana, la *Madonna del Parto* avait résisté au tremblement de terre de 1785 qui avait détruit l'édifice religieux. La fresque représentait la Vierge enceinte, debout, la main gauche posée sur la hanche, la droite soutenant son ventre pointant en avant, révélé par l'échancrure de la robe. C'était l'un des rares exemples de « Vierge parturiente », beaucoup plus réaliste que les classiques « Vierge à l'Enfant ». Gênée, Clélia détourna le regard.

— C'est… indécent, souffla-t-elle.

Elle ouvrit la bouche, paniquée. Elle avait l'impression de manquer d'air, la sensation que les murs allaient se refermer sur elle. Elle tourna les talons, s'enfuit. Elzéar se précipita à sa suite. Il découvrit sa jeune femme adossée au tronc d'un figuier. Elle était agitée de mouvements incontrôlés.

Elle hurla lorsqu'Elzéar lui effleura le bras. Son cri résonna dans la tête du fils de Noëlie. Saisi, il recula d'un pas. Était-ce bien Clélia, *sa* Clélia, qui le repoussait ainsi et semblait ne pas le reconnaître ?

Il insista pour l'attirer contre lui. Elle se débattit, le griffa, jusqu'à ce qu'elle se laissât enfin aller comme une poupée de chiffon.

Bouleversé, Elzéar la prit alors dans ses bras et la ramena au cabriolet sous les regards lourds des villageois. Une femme se signa sur leur passage, murmura quelque chose qu'il ne comprit pas.

Le cœur en déroute, Elzéar caressa le front de Clélia durant le trajet, lui répétant qu'il l'aimait. À peine arrivé à l'hôtel, il fit venir un médecin. Le praticien était un vieil homme au regard doux. Il parlait un peu le français, ce qui permit à Elzéar de décrire le malaise dont sa femme avait été victime. Le médecin ausculta Clélia qui se plaignait de maux de tête et paraissait n'avoir aucun souvenir de ce qui s'était passé à Monterchi.

Il se redressa, évoqua une attaque nerveuse, recommanda le repos, un régime à base de fruits et de laitages. Il promit à Clélia que tout rentrerait bientôt dans l'ordre mais, face au regard vide de sa femme, Elzéar savait qu'il n'en serait rien.

18

1877

La journée serait belle, pensa Hortense en ouvrant ses volets. Le ciel se colorait à peine mais elle sentait dans l'air le frémissement des beaux jours. Elle prit une longue inspiration avant de se retourner vers son « domaine », comme elle appelait sa chambre sous les toits.

Chez elle… elle était chez elle ! et cette certitude la ravissait.

Elle travaillait dur depuis six ans pour atteindre son but, ouvrir son auberge en bordure de Sorgue. Hortense savait tout faire, affirmait madame Noëlie, et c'était presque vrai. Lorsqu'elle avait terminé son service à l'hôtel *Pétrarque et Laure*, elle passait encore du temps à coudre pour plusieurs pratiques. Elle tenait aussi la boutique du Moulin des Sources le dimanche, quand une foule nombreuse se rendait à Vaucluse pour y passer la journée. Hortense se louait également comme cuisinière pour les fêtes familiales. C'était, de loin, son activité préférée.

Elle fit une rapide toilette, jeta un coup d'œil à son reflet. Elle était belle, prétendait Julien, son époux. Ils avaient vécu ensemble si peu de temps qu'elle devait parfois faire un effort pour se souvenir de son visage. Il était de taille moyenne, trapu, avait toujours le sourire. Mariés en juin 1870, ils s'étaient séparés en août de la même année à cause de la guerre déclarée à la Prusse. Julien était mort à l'autre bout de la France, près d'une ville nommée Sedan, début septembre. Pendant plusieurs mois, Hortense avait espéré, attendu, son retour. Comme elle l'affirmait à sa belle-mère, le mot « disparu » ne signifiait pas grand-chose.

Après tout, elles n'avaient pas de preuves ! Et puis, en juin de l'année suivante, un camarade de Julien était passé au Thor. Julien était tombé à côté de lui, il avait été enterré sur place, à Floing.

Hortense, sur le coup, n'avait pas prononcé un mot alors que sa belle-mère éclatait en sanglots. Elle, elle ne pouvait pas, le chagrin l'étouffait. Elle se remémorait leur mariage, juste un an auparavant, leur bonheur, qui ressemblait à un coin de soleil dans lequel ils auraient croqué à belles dents. Hortense et Julien se connaissaient depuis l'enfance. Placée à la ferme Morget dès l'âge de douze ans, après la mort de ses parents, Hortense y avait trouvé une famille. Les parents de Julien, durs à la tâche, avaient traité la fillette comme leur fille. Hortense avait été heureuse là-bas entre les chèvres et la culture de la garance. Et, surtout, avec Julien qui s'était instauré son protecteur.

Tout naturellement, ils s'étaient mariés, pour les dix-sept ans d'Hortense. Elle se rappelait que la mère de Julien lui avait taillé sa robe dans l'une de ses toilettes noires, « parce que le noir, tu en as besoin toute ta vie, tu pourras t'en resservir ». Julien avait souri en la voyant.

— On dirait que tu as voulu te vieillir ! s'était-il écrié.

Elle se souvenait de la chaleur du soleil ce jour-là, et du repas de noces, sous le gros platane de la cour de la ferme. Les hommes à table étaient soucieux, la garance, c'était terminé, déclaraient-ils en poussant de gros soupirs. Il avait fallu que deux étrangers trouvent le moyen de fabriquer de l'alizarine, un colorant artificiel, en 1868 ! Ils tuaient la garance et tout un pan de l'économie vauclusienne.

Ce jour-là, Hortense n'y avait pas vraiment prêté attention. Seuls comptaient les caresses de Julien et ce grand lit qu'ils partageaient enfin, après leurs étreintes furtives dans la grange.

Elle se mordit les lèvres. Il ne fallait pas penser à Julien, c'était le passé et Hortense s'interdisait de regarder en arrière. Alphonsine, sa belle-mère, le lui avait assez répété :

— Veuve à dix-sept ans, petite, quel malheur ! Dieu merci, ta vie n'est pas finie.

Alphonsine était une brave femme mais elle n'avait pu supporter la mort de son garçon. Quand elle avait su que Julien était bel et bien mort près de Sedan, elle s'était couchée pour ne plus se relever.

On l'avait enterrée aux moissons, sous un soleil dur. Hortense portait ce jour-là sa robe de mariée, devenue toilette de deuil. Le père de Julien, profondément abattu, s'était mis à boire. Il n'avait pas le vin mauvais, non, mais le fait de le voir sangloter brisait le cœur d'Hortense. Sa sœur cadette, vieille fille, était venue l'aider à tenir la ferme. Dès lors, Hortense avait résolu de partir. Séverine n'avait pas le caractère facile, il n'y avait pas de place pour deux femmes au mas. Hortense avait rassemblé ses quelques trésors et avait cherché une place à Vaucluse. Le bourg l'avait séduite, elle n'y avait pas de souvenirs, et l'animation qui y régnait l'aidait à ne pas penser. Autant de raisons de s'y installer. Cette année serait décisive pour elle. Elle devait se constituer une clientèle et, pour ce faire, comptait sur ses talents culinaires. Elle aimait cuisiner tout comme elle appréciait d'avoir du monde autour d'elle.

Elle avait osé s'ouvrir de son projet auprès de madame Noëlie, avec qui elle s'entendait bien. La maîtresse du Moulin des Sources lui avait alors proposé de l'aider financièrement. Hortense en avait pleuré de gratitude. Grâce au soutien des Viguier, elle avait pu choisir l'emplacement dont elle rêvait, en bordure de Sorgue, à l'ombre d'un figuier.

Elle s'était meublée dans une foire à tout de L'Isle, avait acheté un fourneau d'occasion, des tables et des chaises, un assortiment de vaisselle et invité les Viguier à venir goûter son pâté de grives et son chevreau aux amandes. Madame Noëlie était venue avec son époux et son fils. Sa bru sortait peu, avait-elle expliqué avec un soupçon de gêne, et Hortense avait compris que madame Clélia ne se dérangerait pas pour déjeuner chez une ancienne employée du moulin. Cela l'avait fait sourire, la belle-fille des Viguier étant souvent considérée comme une poseuse.

Souriant toujours, elle descendit l'escalier particulièrement raide qui menait à la salle de l'hostellerie. Les volets de bois claquèrent. Oui, la journée serait belle. Elle se prépara du café tandis que le chat, un matou roux et blanc recueilli un soir d'hiver, venait se frotter contre ses jambes. Elle le caressa entre les oreilles, comme il aimait, et se mit en route pour le marché de L'Isle. Elle avait ses fournisseurs attitrés, des maraîchers du Comtat qui lui réservaient leurs légumes et leurs fruits les plus frais.

Elle les connaissait depuis l'époque où elle vivait à la ferme, près du Thor. Saturnin, le braconnier, l'approvisionnait en lièvres, perdrix et grives.

Malgré l'heure matinale, le marché de L'Isle était déjà fort fréquenté. Hortense procéda à ses achats avant de s'accorder une petite pause chez Louis, où se retrouvaient la plupart des aubergistes. Elle savoura son café, tout en contemplant les jeux d'ombre et de lumière sur la Sorgue. Tout autour d'elle, les conversations allaient bon train. On parlait encore et toujours de la garance, qui avait tant marqué le sol du Comtat, mais aussi d'une crise politique à laquelle Hortense ne s'intéressait guère, et de gens du pays.

— Vous savez ce qui est arrivé à Maurice Saurel ? lança une voix derrière Hortense.

Elle tendit l'oreille. Elle savait, en effet, comme tout le monde à L'Isle et à Vaucluse, qu'il s'agissait du demi-frère de madame Noëlie.

Un ricanement s'éleva.

— Il a fait la culbute, l'ami Maurice ! Depuis le temps que ça lui pendait au nez ! Lui, ma foi, il l'a bien cherché ! mais les ouvriers de la boîte…

Hortense n'imaginait que trop bien la peine et le désarroi de madame Noëlie. Elle se retourna vers les hommes accoudés au comptoir, reconnut Achille Roulier, l'un de ses clients. Elle le salua et l'interrogea :

— Qu'est-ce qui va se passer, pour la fabrique Saurel ?

Achille haussa les épaules.

— La clef sous la porte, pardi ! Maurice a fait assez de dettes comme ça !

Elle frissonna. Souvent, elle se réveillait la nuit, se demandant si elle n'avait pas commis de folie, si elle parviendrait à rembourser l'argent prêté par les Viguier.

Le désir de sa propre indépendance, la volonté de réaliser quelque chose l'avaient incitée à se lancer dans l'aventure.

Elle devait garder confiance et ne pas penser à Maurice Saurel. Tout le monde dans la région savait qu'il n'avait jamais travaillé et avait dilapidé la fortune paternelle avec des femmes ou dans les casinos.

Il n'empêchait… elle avait de la peine, beaucoup de peine, pour madame Noëlie.

19

1879

Le brouillard, assez rare dans la région, ne s'était pas levé avec le jour. On n'y voyait pas à cinq pas. Avant même de constater le phénomène, Elzéar l'avait pressenti. Clélia, en effet, ne supportait pas ce temps et s'était agitée toute la nuit. Il avait appris à redouter ce qu'il nommait pudiquement les « mauvais moments ». Sans raison particulière, l'humeur de sa jeune femme s'assombrissait et elle souffrait de maux divers, migraines, douleurs dorsales et abdominales. On ne comptait plus les visites du docteur Lamotte, le successeur du vieux monsieur Freynet, qui avait fini par parler à mots couverts de maladie nerveuse. Il avait préconisé une cure à Néris-les-Bains mais la grossesse de Clélia avait entraîné le report de ce traitement.

Si Elzéar, fou de joie, exultait, Clélia, en revanche, était restée indifférente.

Le front contre la vitre, Elzéar contemplait le parc sans le voir. En lui, le chagrin le disputait à l'incompréhension. Clélia et lui vivaient désormais comme des étrangers. Rien de ce qu'il faisait n'intéressait son épouse. Elle donnait l'impression de demeurer spectatrice de son existence, prisonnière d'un passé qu'elle refusait d'évoquer.

Une main légère effleura l'épaule d'Elzéar. Il se retourna vers sa mère. Il la trouva vieillie, et se reprocha de lui imposer la vue d'un couple qui se défaisait.

— Mon petit…, murmura Noëlie.

Elle aurait tant désiré lui épargner toute peine ! Le comportement de Clélia l'inquiétait de plus en plus. Sa belle-fille ne se souciait ni de son époux, ni de son enfant à naître. Noëlie aurait voulu abattre ce mur que la jeune femme édifiait entre elle et le reste du monde. Chaque fois qu'elle abordait ce sujet avec Timothée, il haussait les épaules.

— Nous avons alerté Elzéar, il a préféré passer outre. À lui de composer avec son épouse !

L'âge venant, Timothée s'était endurci. Malgré son amour, Noëlie peinait parfois à comprendre ses réactions. Elle le sentait lointain, uniquement préoccupé de son entreprise.

Elzéar serra sa mère dans ses bras.

— Ne t'inquiète pas, maman, souffla-t-il. Tout s'arrangera quand le bébé sera né.

Noëlie fit « oui » de la tête sans exprimer son opinion. Elle n'en était pas le moins du monde convaincue et se demandait déjà comment venir en aide à son fils.

Elle réprima un soupir. Tant que Timothée et elle-même seraient présents aux côtés d'Elzéar, ils le soutiendraient de tout leur amour mais après ? Qu'en serait-il *après,* quand il se retrouverait seul avec Clélia ?

Noëlie avait tenté à plusieurs reprises de discuter avec sa belle-fille, sans succès. Enfermée dans son monde, Clélia était inaccessible.

— Viens donc boire ton café, proposa-t-elle.

La cuisine de la bastide était chaleureuse avec ses meubles de noyer ciré hérités de plusieurs générations de Viguier.

Catou s'activait dans la grande salle à préparer des *pan coudoun*, des pains-coings dont elle savait Elzéar friand. C'était enfantin, affirmait-elle. Six coings tirés de la réserve à fruits où l'on entreposait pommes, poires, raisin et coings, huit cents grammes de pâte à pain, six cuillerées à soupe de miel et un jaune d'œuf pour dorer le tout…

À près de soixante-dix ans, elle ne laissait à personne le soin de cuisiner. Coline les avait quittés six mois auparavant pour soigner sa vieille mère dans un mazet acheté avec ses économies à Méthamis.

On avait embauché une jeunette, Louisette, pour seconder Catou mais la vieille femme rechignait à déléguer ses tâches.

— Hum ! Ça sent bon ! fit Elzéar, les narines plissées.

Noëlie se fournissait auprès du boulanger de Vaucluse, réputé pour la qualité de son pain.

— Monsieur Timothée est déjà parti au moulin, précisa Catou, constatant que Noëlie le cherchait du regard.

Celle-ci soupira.

— Je parierais volontiers qu'il n'a pas pris son cache-nez !

Elle se tourmentait en permanence à propos de son époux. Ces derniers temps, en effet, Timothée accusait ses soixante-six ans. Il était toujours aussi vaillant mais ses gestes se faisaient plus lents, plus mesurés. Il restait souvent perdu dans ses pensées avant de se plonger dans la lecture du journal et de critiquer allègrement la situation du pays.

Elzéar but son café debout, malgré les protestations de Noëlie et de Catou, et leur faussa compagnie.

— Maman, tu pourras monter voir Clélia dans la matinée ? Elle n'était pas très bien ce matin.

— Comme d'habitude, marmonna Catou.

Noëlie lui décocha un coup d'œil réprobateur. Même si elle critiquait l'attitude de sa belle-fille en son for intérieur, elle n'admettait pas qu'on le fît en sa présence.

Catou, qui se savait en tort, baissa le nez. Elle se reprochait déjà d'avoir dépassé les bornes. Noëlie avait assez de soucis entre la santé de Timothée qui se dégradait, le couple d'Elzéar qui partait à la dérive, et la fabrique Saurel dont il avait fallu éponger les dettes pour sauvegarder l'emploi des ouvriers.

Noëlie lui pressa le bras, comme pour lui dire que ce n'était rien, et s'isola quelques minutes dans le bureau. Le brouillard pesait toujours autant sur Vaucluse, conférant un aspect insolite au parc de la bastide. Elle se détourna de la fenêtre en réprimant un soupir. Son cœur manqua un battement. Elle venait de reconnaître sur le bureau de son époux la liasse de feuillets sur laquelle Nicolas Viguier avait écrit : « *Pour Timothée* ».

Elle se mordit les lèvres. Elle *ne voulait pas* fouiller dans les papiers de Timothée, même si cette liasse l'obsédait depuis trente ans. Comme malgré elle, elle tendit la main. Elle parcourut rapidement les premiers feuillets, partagée entre son sentiment de culpabilité et le désir de savoir. Pourquoi Timothée ne lui avait-il jamais parlé du message de son père ? La pensait-il indigne de ses confidences ? À moins qu'il n'y ait eu autre chose. Jeanne.

Elle en eut la certitude en lisant les quatre dernières phrases écrites par Nicolas Viguier :

Voilà, mon fils, ce qui empoisonne ma conscience depuis plus de trente ans. J'en ai tant souffert que je te supplie de te conduire en homme d'honneur. Si tu penses que le fils de la Jeanne peut être ton enfant, n'oublie pas de faire ton devoir vis-à-vis de lui. Je te fais confiance.

Un spasme tordit l'estomac de Noëlie. Les yeux pleins de larmes, elle remit les pages en place, en ayant l'impression qu'elle allait mourir. À présent, elle *savait* la vérité, précisément à cause du silence de Timothée.

Le fils de Jeanne était un Viguier.

20

1880

Des cris atroces provenaient de l'étage. Elzéar, qui piétinait allègrement le tapis du salon représentant la première rencontre de Laure et de Pétrarque, douze pas dans un sens, douze pas dans l'autre, se figea avant de se précipiter dans l'escalier. Sa mère montait la garde sur le palier.

— Prends patience, mon fils, lui conseilla-t-elle. La délivrance risque d'être longue.

Il avait le visage défait, les yeux cernés. Un élan d'amour submergea Noëlie.

« Seigneur… Faites qu'il ne souffre pas trop », pria-t-elle avec ferveur.

Depuis qu'elle avait découvert, un matin de brouillard, trois mois auparavant, sa belle-fille baignant dans son sang, elle redoutait le pire. Dieu merci, les blessures que Clélia s'était infligées au ventre et aux cuisses étaient plus spectaculaires que profondes. Cependant, en attendant l'arrivée du docteur Lamotte et en lavant les plaies, Noëlie n'avait pu ignorer les imprécations de Clélia.

— Je ne veux pas de cet enfant. Personne ne peut m'obliger à le garder, criait la jeune femme, en proie à une nouvelle crise de nerfs.

Elle s'était entaillée avec ses ciseaux de couture qui gisaient sur le parquet. Lorsque Noëlie les avait montrés au docteur Lamotte, il avait poussé un long soupir.

— Il faut à tout prix la faire soigner dès qu'elle sera délivrée de cette grossesse qui lui pèse tant, avait-il déclaré.

Il se sentait profondément démuni face à l'état nerveux de sa patiente, Noëlie l'avait bien compris. Elle-même ne savait plus quel comportement adopter vis-à-vis de Clélia.

Noëlie se força à sourire pour son fils.

— C'est la loi de la nature, il faut te montrer patient, mon grand. Tu verras... Clélia oubliera vite ses souffrances lorsqu'elle serrera votre enfant contre elle.

Elle lut dans le regard désenchanté d'Elzéar qu'il ne se faisait plus guère d'illusions. Craignait-il, lui aussi, la réaction de Clélia en présence du bébé ? s'interrogea avec angoisse Noëlie. Une nouvelle supplique lui monta aux lèvres :

— Mon Dieu, faites que l'enfant qui va venir au monde soit heureux.

Elle entraîna son fils par le bras.

— Viens voir ton père. Il est en train de ronger

le tuyau de sa pipe. Quelle sottise, aussi, de s'être mis à fumer sur le tard !

Elle parlait, alignant des banalités, pour empêcher Elzéar de tendre l'oreille.

Les hurlements de Clélia s'espaçaient. La jeune femme s'épuisait ou bien l'enfant n'allait pas tarder. Élise, la sage-femme qui avait délivré Noëlie trente ans auparavant, n'exerçait plus depuis longtemps. Elle était morte en septante, et tout Vaucluse s'était déplacé pour lui rendre hommage. Le docteur Lamotte était assisté d'une infirmière, mademoiselle Cléry, qui intimidait Noëlie. Elle admettait, cependant, que sa présence était indispensable pour prévenir quelque nouvelle foucade de sa belle-fille.

Depuis le début de sa grossesse, Clélia était devenue encore plus instable, multipliant crises de nerfs et sautes d'humeur.

— C'est une véritable torture ! s'exaspéra Elzéar.

— Hé ! Que croyais-tu donc ? glissa Catou, qui les avait rejoints. Les femmes enfantent dans la douleur, c'est la règle, et rien ne peut la changer.

— Je préférerais souffrir à sa place, murmura Elzéar.

C'était vrai, Noëlie le savait. Elle le conduisit vers le bureau de Timothée et remonta dans la chambre. Clélia, le visage blême, haletait sur le lit dévasté. Le docteur Lamotte se tourna vers Noëlie.

— Nous y sommes presque, dit-il.

Noëlie opina du chef, admirant l'harmonie des gestes entre le médecin et son infirmière. Celle-ci avait préparé des serviettes et des linges immaculés.

Clélia, le corps arqué, poussa un dernier cri avant de retomber sur le dos, les yeux clos.

— Elle se pâme ! prévint Noëlie, en se précipitant au chevet de sa belle-fille.

Le docteur Lamotte ne s'affola pas.

— Tant mieux, cela nous facilitera le travail ! Cette jeune femme est d'une nervosité incroyable. Mademoiselle Cléry, occupez-vous du bébé, je vous prie.

Bouleversée, Noëlie aperçut une tête surmontée de cheveux noirs, un petit corps gigotant que l'infirmière enveloppa prestement dans une grande serviette.

— C'est un garçon, précisa le médecin.

Un fils, le fils d'Elzéar... Les yeux pleins de larmes, la gorge nouée par l'émotion, Noëlie tendit les bras. Elle reçut son petit-fils hurlant, le tint quelques instants serré contre elle avant de le rendre à mademoiselle Cléry qui devait le laver et l'emmailloter.

— Vous êtes sûr que tout va bien pour ma bru ? s'enquit-elle avant de courir prévenir son fils et son époux.

Les hommes du moulin avaient leur héritier.

— Si c'est pas une misère..., grommela Catou, faisant beaucoup de bruit avec ses marmites.

Elle s'était chargée elle-même d'enterrer le *nourrimen*[1] au pied du plus grand figuier du parc afin

1. Placenta.

que Clélia ait du lait en abondance. Peine perdue ! La jeune mère avait décrété qu'elle ne donnerait pas le sein au petit François. C'était vulgaire, avait-elle déclaré, et toute la maison avait commenté sa décision. Elzéar, comme d'habitude, l'avait approuvée et il avait fallu trouver une nourrice en catastrophe. Noëlie et Catou s'en étaient chargées.

Grâce à l'intervention du docteur Lamotte, elles n'avaient pas eu besoin de faire appel au bureau de placement de Carpentras. Une honte, estimait Catou, d'autant plus que la mère avait dû bander ses seins.

Catou se souvenait – il y avait de cela si longtemps ! – d'avoir nourri plusieurs bébés de l'hôtel-Dieu en même temps que sa petite fille, prénommée Marie.

Elle s'était souvent demandé ce qu'elle était devenue et le remords avait gâché sa vie, même si elle savait qu'elle n'avait pas eu d'autres solutions. Aussi, quand elle voyait Clélia se détourner de son petit et refuser de l'allaiter, la colère la submergeait. Fan ! Une chatte était plus maternelle que cette belle dame qui prenait ses grands airs ! Pauvre Elzéar ! Il ne méritait pas de se retrouver lié à elle !

Catou claqua un peu trop fort la porte du garde-manger et s'exhorta au calme. Cette maison était déjà assez bruyante, entre les pleurs du petit François et les crises de sa mère. Personne ne voulait donc intervenir ?

Suivant son habitude, elle dit tout haut ce qu'elle pensait à Noëlie venue chercher un verre d'eau fraîche à la cuisine.

— Tu ne vois pas que la femme d'Elzéar porte le mal en elle ? Elle est fada, oui !

Personne n'osait aborder ce sujet avec Elzéar mais l'état de santé de Clélia s'était encore dégradé depuis son accouchement. Elle se désintéressait de son fils comme de son mari. On avait jasé dans Vaucluse après la naissance. Clélia, qui aurait dû garder la chambre, s'était montrée, quelques jours après la naissance, pour aller faire de longues marches vers la résurgence.

Elle avait refusé de recevoir voisines et relations qui, selon la tradition, venaient rendre visite à la jeune mère et apporter des cadeaux à son *petitoun*.

Gênée, Noëlie avait inventé une mauvaise fièvre alors que Clélia ne se privait pas de sortie, en cheveux, de surcroît. Attitude qui suscitait critiques et craintes diffuses.

Noëlie poussa un profond soupir.

— C'est Elzéar qui doit se décider à rappeler le médecin. Je pense qu'il espère encore une amélioration. C'est si étrange…

Elle-même avait essayé à plusieurs reprises de dialoguer avec sa bru, en vain. Clélia repoussait tout contact avec le monde extérieur. Elle marchait jusqu'à l'épuisement, mangeait fort peu, comme si elle avait désiré maîtriser son corps qui lui faisait horreur.

Timothée, consulté, avait avoué son impuissance. Leur bru lui inspirait même une certaine appréhension ; il redoutait son influence sur Elzéar. Il avait donc résolu de faire procéder à quelques recherches. Malgré ses affirmations, Clélia devait bien avoir encore un peu de famille, quelqu'un qui pût éclairer les Viguier sur les raisons de son comportement. Il avait peur pour son fils et son petit-fils.

Noëlie posa une main apaisante sur l'épaule de Catou :

— Nous nous sortirons de cette mauvaise passe, mentit-elle. Je ne pense pas que Clélia soit vraiment dangereuse…

— Ah oui ? s'emporta Catou. Et s'il lui prenait la fantaisie d'étouffer le bébé sous un oreiller ? Ou de le blesser comme lorsqu'elle s'est tailladée, pendant qu'elle était grosse ? Tu ne vas pas me dire que ce n'était pas grave ?

Des scènes de cauchemar hantaient les nuits de Noëlie. Elle prit une longue inspiration :

— Je vais aller parler au docteur Lamotte, déclara-t-elle.

Quelqu'un devait agir. Elzéar n'en avait ni la force, ni le désir. Clélia était toujours aussi belle et sa beauté le fascinait.

Elle s'enveloppa dans sa visite et sortit malgré le vent qui soufflait en rafales rageuses. Les beaux jours tardaient… Noëlie avait hâte, pourtant, de s'installer à l'ombre de la treille en compagnie de François. Elle se souvenait de la joie de son époux, trois mois auparavant, lorsqu'il avait annoncé à tout le pays :

— *Sara un siblaire e un cassaire*[1].

Pour cette seule raison, elle éprouvait de la reconnaissance à l'égard de Clélia. Timothée était rassuré. Il avait deux générations d'héritiers.

1. Ce sera un siffleur et un chasseur.

21

1881

Il était venu à pied depuis Avignon, mettant ses pas dans ceux de Pétrarque. Tout en cheminant, il se remémorait des extraits du *Canzoniere*.

Originaire de Reims, Jean-Rémy Monod avait une formation d'historien. Depuis plusieurs années, l'idée de consacrer une thèse à Laure et à Pétrarque le taraudait.

Il avait économisé sur ses émoluments d'enseignant afin de pouvoir prendre un congé. Descendu du train en gare d'Avignon, il avait cherché la trace de Pétrarque dans la cité des Papes, se rappelant que le poète avait stigmatisé la ville :

> *Le triste foyer de tous les vices et de toutes les misères, Avignon, sentine de tous les vices.*

Il avait ensuite suivi la route menant à Carpentras avec le Ventoux pour guide. Parvenu à Monteux, il était parti vers l'est. La poussière poudrait le chemin. Il avait fait une étape à L'Isle, séduit par le charme des roues à aubes et des quais.

L'auberge choisie donnait sur la Sorgue. Il faisait bon sous la treille de savourer un pichet de rosé bien frais après une longue marche. Jean-Rémy, étendant les jambes avec un soupir de satisfaction, songea qu'il aimait déjà ce pays.

Brillant élève, il avait travaillé dur pour obtenir ses diplômes et appréciait d'autant plus l'année sabbatique qu'il s'était accordée. À trente ans, il avait envie, enfin, de vivre à sa guise. Sa sœur s'était mariée l'an passé avec un douanier, leur mère coulait une retraite paisible dans une petite maison héritée d'un oncle, sur une colline dominant les vignes de la montagne de Reims. L'esprit tranquille, Jean-Rémy pouvait se consacrer à sa passion pour Laure et Pétrarque.

Il dormit bien, malgré le vacarme des rouliers et des préparatifs du marché. Il pressentait qu'il touchait au but.

Le lendemain, en découvrant le site enchanteur de Vaucluse, il murmura :

Je rencontrai une vallée très étroite mais solitaire et agréable, nommée Vaucluse, à quelques milles d'Avignon, où la reine de toutes les fontaines, la Sorgue, prend sa source. Séduit par l'agrément du lieu, j'y transportai mes livres et ma personne[1].

---

1. Extrait d'*Épître à la postérité.*

Il ne lui restait plus qu'à chercher une chambre.

L'hiver avait été rude, interminable. À plusieurs reprises, Hortense s'était interrogée. Était-il raisonnable de poursuivre son activité pour quelques voituriers ? Les promeneurs ne fréquentaient pas Vaucluse à la mauvaise saison. La jeune femme avait plus d'une fois mangé de la soupe aux racines, blottie le plus près possible de l'âtre. Heureusement, Gavroche lui tenait chaud. Elle l'avait trouvé devant la porte de l'auberge alors qu'elle dévorait *Les Misérables*, que madame Noëlie lui avait prêté. Elle avait tout naturellement baptisé le chien au pelage roux et blanc du nom du fils des Thénardier. Un client anglais lui avait dit l'année suivante qu'il appartenait à la race des épagneuls. Peu importait à Hortense. Gavroche constituait pour elle un merveilleux compagnon, toujours prêt à partager ses promenades dans les collines du côté de Saumane.

Enfin, les beaux jours étaient revenus et Hortense reprenait espoir. Elle avait taillé durant l'hiver nappes, serviettes et coussins dans des coupons d'indienne achetés sur le marché de L'Isle. Ils ornaient à présent ses tables de bois brut, à l'intérieur de la salle, ainsi que ses tables et ses chaises de fer en terrasse.

Hortense avait accroché un peu partout des bouquets séchés de lavande et d'épis de blé. L'hostellerie de Vaucluse avait belle allure malgré les murs lézardés et le sol en battu. Et Hortense était particulièrement fière de son fourneau, pour lequel elle s'était lourdement endettée.

Après avoir observé le ciel, d'un bleu minéral, elle prépara ses tables sur la terrasse ombragée. L'air sentait bon.

Joyeuse, Hortense écrivit son menu du jour sur le grand tableau noir posé contre le mur. Elle apercevait déjà, en provenance de la route de L'Isle, les premiers chars de promeneurs.

La journée serait belle. Elle retroussa les manches de son corsage avant de retourner s'activer au-dessus de son fourneau.

Il n'avait jamais mangé d'omelette aux truffes mais le nom le séduisit. D'autant que la terrasse, à l'ombre d'un figuier et d'une treille, offrait une vue séduisante sur la Sorgue, dominée par les ruines du château des évêques de Cavaillon.

Jean-Rémy avait déjà fait abstraction des visiteurs du dimanche. Il imaginait Pétrarque marchant en bord de Sorgue, sur l'autre rive.

— Vous avez beaucoup de chance de vivre dans cet endroit magique, déclara-t-il à l'hôtesse, vive et avenante, qui donnait l'impression d'être partout en même temps.

Elle lui sourit.

— Si Vaucluse vous plaît tant, il faut y rester ! J'accueille volontiers des pensionnaires et personne ne s'est encore plaint de ma cuisine !

Ses cheveux blonds attachés en chignon, son minois piqueté de taches de rousseur, ses yeux bleu indigo le faisaient irrésistiblement penser aux tableaux de Renoir. Il n'osa pas lui en faire la remarque, sans même savoir pourquoi. Face à cette jeune personne, il se sentait empesé, raidi dans ses habits de professeur. Elle n'eut pas ses scrupules.

— Vous êtes un savant venu pour le gouffre ? s'enquit-elle, en lui apportant un verre de vin apéritif, le grenache vieux de Mazan, à base, comme elle le lui expliqua, de moût de grenache, d'écorces d'orange amère, de cannelle, de noix de muscade et d'alcool.

— Le gouffre ? répéta Jean-Rémy, étonné.

Hortense sourit.

— C'est qu'il en attire, du monde ! Je ne suis pas très instruite mais je me suis intéressée à tout ce qui concerne la vallée close. Un ingénieur d'Avignon a installé en 1869 ce qu'on appelle un sorgomètre. C'est un repère, m'a-t-on dit, une suite de vingt-cinq règles graduées d'un mètre permettant de mesurer la hauteur des eaux. Il complète la croix du vice-légat. En mars 1683, il y avait si peu d'eau que Nicolini, le vice-légat du pape, avait fait graver une inscription dans la roche, quatre mètres audessus du niveau atteint.

Jean-Rémy sourit à son tour.

— Peste ! Vous me paraissez bien au fait de ces choses !

— Ça m'intéresse, vous dis-je ! En 1878, un... attendez, le nom est si compliqué que je l'ai noté sur mon carnet de commandes, oui, un scaphandrier venu de Marseille, un certain Otonelli, est descendu jusqu'à vingt-trois mètres de profondeur. Mais cela ne nous dit toujours pas comment s'alimente le gouffre.

— À vous entendre, on aurait presque envie de l'explorer, votre fameux gouffre ! s'écria Jean-Rémy.

Il rit de lui-même :

— Moi qui ne sais même pas nager ! Non, je suis venu pour Pétrarque.

— Dans ce cas il vous faudra vous rendre au moulin à papier. Monsieur Timothée et monsieur Elzéar connaissent tant de choses sur lui ! C'est à se demander s'ils n'auraient pas vécu à son époque ! Excusez-moi, monsieur, on m'appelle.

Séduit, Jean-Rémy la suivit du regard. Elle ne semblait pas avoir conscience du charme, de la vitalité qui émanaient d'elle. Elle nota une autre commande, lui apporta quelques minutes plus tard une somptueuse omelette aux truffes dont les arômes le firent chavirer.

Le soleil baignait les bords de la Sorgue, créant de fugitifs jeux d'ombre et de lumière.

Malgré l'affluence, Jean-Rémy imaginait le poète écrivant à l'évêque de Cavaillon pour quelle raison il aimait tant la *Vallis clausa* :

> *Que d'autres aiment les richesses, moi j'aspire à une vie tranquille. Il me suffit d'être poète*[1].

---

1. Extrait d'une lettre de Pétrarque adressée à son ami l'évêque de Cavaillon.

Il se tourna vers son hôtesse :

— Je crois que j'ai trouvé, moi aussi, mon havre. Quel est votre prix pour une pension complète, mademoiselle ?

Elle le lui indiqua après avoir rectifié : « Madame ».

Il remarqua alors la fixité de son regard, tandis qu'elle semblait observer le chemin menant à la fontaine. Un couple passait. Lui, vêtu de noir, portait un petit garçon sur ses épaules. Elle, tout en blanc, évoquait une apparition. Sa beauté presque irréelle attirait les regards. Jean-Rémy pensa sur-le-champ que Laure avait dû ressembler à cette jeune femme. Les promeneurs se retournaient sur son passage sans qu'elle parût leur prêter quelque attention.

— De qui s'agit-il ? osa-t-il demander à son hôtesse.

Elle tressaillit, tourna la tête vers lui, répondit d'une voix changée :

— Madame Clélia Viguier. C'est son époux qu'il vous faudra rencontrer, au Moulin des Sources.

Elle n'en dit pas plus. Jean-Rémy avait déjà compris qu'une aura de mystère entourait cette jeune femme presque trop belle.

22

1882

La journée serait belle, avait annoncé Catou, se référant comme chaque matin au Ventoux. Noëlie se sentait excitée comme une enfant. Non pas à cause de la visite officielle du ministre de l'Agriculture en ce 16 mai mais plutôt parce que Lucille venait passer quelques jours à la bastide. Sa petite sœur allait fêter ses quarante-huit ans. Noëlie éprouvait un sentiment de vertige à cette perspective. Les années avaient passé si vite !

Maurice était mort dans des circonstances étranges, à la sortie d'un casino de la Riviera. Le jeu, toujours, ce maudit jeu ! Marion avait beaucoup sangloté le jour de l'enterrement avant de réclamer la part de son fils chez le notaire. Ce dernier avait froncé les sourcils.

— Quelle part, madame Saurel ? C'est votre belle-fille, madame Viguier, qui fait vivre la fabrique en la renflouant à intervalles réguliers.

En pure perte, d'ailleurs, estimait Timothée. Les usines fermaient les unes après les autres. Le développement du train avait entraîné d'autres habitudes. On avait moins besoin de couvertures de mulet.

Il faudrait mettre la clef sous la porte, même si ce projet déchirait le cœur de Noëlie. Lucille lui donnait carte blanche. Sa boutique de fleurs à Marseille constituait une excellente affaire. Lucille était réputée pour ses arrangements floraux.

Bien qu'elle fût toujours célibataire, il ne serait venu à l'idée de personne de la considérer comme une vieille fille.

Coiffée et habillée avec soin, elle paraissait plus jeune que ne l'indiquait son état civil. Dans sa jupe jaune et blanche à tournure et son corsage blanc assorti, un chapeau de paille coquettement incliné sur l'œil droit, elle était ravissante et en jouait. Tout en étant persuadée qu'elle avait un homme dans sa vie, Noëlie n'avait jamais réussi à apprendre quoi que ce fût concernant ce mystérieux personnage. Elle en souriait, parfois, avec Timothée qui lui disait :

— Tu es bien curieuse.

Le visage de Noëlie s'éclairait comme chaque fois qu'elle évoquait son époux. Ils allaient fêter leurs quarante-deux ans de mariage. Quarante-deux ans… Elle n'avait rien oublié de leur première rencontre, ni du jour où elle avait entrevu Jeanne la bugadière.

Elle crispa la main sur le col de la robe qu'elle s'apprêtait à passer. Jeanne représentait toujours pour elle une menace, une épine dans son cœur. Malgré ses efforts, elle n'était pas parvenue à aborder ce sujet tabou avec Timothée. Elle percevait bien qu'il assimilait toute conversation concernant Jeanne à une trahison, sans comprendre qu'elle, Noëlie, avait besoin de certitudes.

— Mère ! Êtes-vous prête ? s'enquit la voix de Clélia dans le couloir.

— J'arrive dans deux minutes, répondit Noëlie, surprise en flagrant délit de retard.

D'ordinaire, c'était sa bru qu'on attendait. Or, Elzéar avait bien précisé : « Départ à huit heures. »

Elle enfila vivement sa robe couleur céladon, ajusta son grand chapeau sur ses cheveux nattés et s'enveloppa de son plus beau châle en cachemire.

Il ferait à coup sûr frisquet au sommet du Ventoux.

Toute la famille patientait dans le hall. Elzéar et Timothée conduiraient chacun une calèche. Catou avait décliné l'invitation.

— Que veux-tu que je fasse d'un ministre ? avait-elle grommelé. Ce n'est pas lui qui fera mon ouvrage à ma place !

Clélia et François grimpèrent dans la voiture d'Elzéar tandis que Lucille et Noëlie prenaient place derrière Timothée. Il avait solidement maintenu le panier de pique-nique en osier.

— En avant ! s'écria François, très excité.

Si le trajet jusqu'à Bedoin fut relativement rapide, la suite fut plus malaisée. Une foule joyeuse se pressait sur la nouvelle route menant au Ventoux. Le rendez-vous avait été fixé par les officiels à la fontaine de la Grave pour un déjeuner réunissant plus de quatre-vingts convives. En descendant du cabriolet, Clélia se plaignit, de la poussière, du soleil, des premières abeilles…

Réprimant un soupir, Noëlie tendit la main à son petit-fils.

— Viens, mon chéri. Nous allons essayer d'apercevoir le ministre.

Ce dernier semblait lui aussi souffrir de la chaleur dans son habit noir. Il s'essuyait le front tout en s'extasiant sur le paysage.

De grandes tentes blanches avaient été dressées pour les privilégiés. Comme ils avaient tenu à emmener leur fils, Elzéar et Clélia préféraient pique-niquer à l'ombre d'un grand chêne.

Noëlie se sépara à regret de François et s'avança vers l'une des tentes au bras de son mari. On parlait, tout autour d'eux, de cet observatoire météorologique dont la construction avait été décidée quelques années auparavant, de l'avenir radieux des fraiseraies de Carpentras, favorisées par les bonnes terres du Comtat, irriguées grâce au nouveau canal de Carpentras. Un officiel tint à les présenter au ministre. Noëlie, comme Timothée, ne prisait guère les mondanités. S'ils y sacrifiaient, c'était avant tout par souci de mieux faire connaître Le Moulin des Sources. Lucille, elle, semblait parfaitement à son aise. Elle bavardait avec un haut fonctionnaire aux yeux clairs.

Dès qu'ils en eurent terminé avec les formalités, Noëlie et Timothée s'éclipsèrent du côté de la fontaine de la Grave.

— On respire mieux ici ! s'écria la mère d'Elzéar.

Elle appréciait le panorama et le vent vivifiant.

Elle se rappelait sa mère affirmant que l'air respiré sur les pentes du Ventoux était le meilleur de France, qu'il était capable de tout guérir. Une ombre voila son regard. Le mal dont souffrait Clélia était-il curable ?

L'état de sa belle-fille ne s'était pas amélioré, et Elzéar avait renoncé à l'envoyer en cure. Clélia avait menacé de mettre fin à ses jours si on venait à la contraindre. Le docteur Lamotte s'estimait impuissant tant qu'Elzéar refuserait l'hospitalisation préconisée.

Noëlie et Timothée souffraient en silence sans trop oser en parler.

Les domestiques, cependant, ne se gênaient pas pour commenter les sautes d'humeur de « Madame », comme ils nommaient Clélia, et ses crises de nerfs. Il avait fallu dédommager une jeune servante. Clélia l'avait blessée le jour où elle lui avait jeté au visage son fer à friser. La jeune femme pouvait, en l'espace de quelques secondes, se transformer en une mégère vociférante, ce qui déstabilisait François.

Lucille rattrapa sa sœur alors qu'elle se glissait sous l'une des tentes :

— Je crois bien que je vais vous fausser compagnie. Monsieur Reboul m'invite à sa table.

— Ne t'inquiète pas pour nous.

Lucille rayonnait. Noëlie lui sourit tendrement. Grâce à l'affection et à la complicité unissant les deux sœurs, leur famille n'avait pas tout à fait éclaté.

Elle prit le bras que Timothée lui offrait.

— J'aimerais partir avec toi loin, très loin, lui souffla-t-elle.

Il lui jeta un regard ébahi.

— Noëlie ! Aurais-tu perdu l'esprit ? Avec tout le travail que nous avons au moulin ? Ce n'est vraiment pas le moment !

« Ce n'est jamais le moment… », songea Noëlie. Elle ne trouvait pas les mots pour expliquer à son mari ce qu'elle éprouvait. Les années avaient filé, elle aspirait à une pause en compagnie de Timothée. Peut-être parce qu'elle n'en pouvait plus d'être sans cesse sur le qui-vive. L'état de Clélia ne risquait-il pas de s'aggraver ? Comment protéger François et Elzéar ?

Elle réalisa brusquement qu'elle avait peur de sa belle-fille et ne lui faisait pas confiance. C'était grave, et angoissant.

Timothée lui tapota le bras, maladroitement.

— Ne te tourmente pas ainsi. Profite donc de cette belle journée.

Un hurlement strident l'interrompit. Les deux époux se dévisagèrent avant de s'élancer d'un même mouvement. C'était, à n'en pas douter, Clélia qui venait de crier.

Partir, quitter Timothée, Elzéar et François était un déchirement pour Noëlie. Elle s'apprêtait à le faire, cependant, parce qu'elle n'avait pas le choix. Depuis le scandale provoqué par Clélia le jour de la visite du ministre, la jeune femme avait sombré dans une sorte d'apathie.

Personne n'avait vraiment compris ce qui s'était passé à la fontaine de la Grave. Laissant François à la garde d'Elzéar sous le grand chêne qu'ils avaient choisi pour ombrager leur pique-nique, Clélia était allée remplir une gourde d'eau fraîche à la fontaine. L'avait-on bousculée, avait-elle eu peur de quelque chose ou de quelqu'un ? Elle avait lâché sa gourde et poussé un cri d'une violence telle que des dizaines de personnes avaient accouru pour lui venir en aide. Loin de la calmer, cet afflux de monde avait provoqué chez Clélia une crise de nerfs dont elle était malheureusement coutumière. Parcourue de tremblements, secouée de sanglots, la jeune femme avait impressionné les invités. Fendant la foule, Noëlie l'avait rejointe et entraînée à l'écart.

Elle lui avait parlé, doucement, dans l'espoir de l'apaiser, jusqu'à ce qu'un inconnu se présentât. Il était médecin, se nommait Melchior Bastel et le cas de Clélia l'intéressait, déclara-t-il d'emblée à Noëlie. Voyant que celle-ci se cabrait, il précisa :

— Je travaille avec le professeur Charcot à l'hôpital de la Salpêtrière à Paris et je me spécialise dans le traitement des crises hystériques.

Il avait pris les choses en main et fait allonger

Clélia sous une tente, à l'abri de la foule. Elzéar, affolé, cherchait à protéger François. La fête était gâchée mais ce qui importait, c'était cette menace latente pesant sur Clélia.

— Maman, je crains qu'elle ne bascule un jour ou l'autre, avait confié le lendemain Elzéar à Noëlie.

Basculer… un mot pudique pour qualifier la folie, qui faisait si peur. Se rendant aux arguments du docteur Bastel, Clélia avait fini par accepter d'aller consulter à Paris. Après maintes discussions, il avait été décidé que Noëlie l'accompagnerait, la présence d'Elzéar se révélant indispensable au moulin afin de seconder Timothée fort ébranlé. Bastienne, la nourrice de François, continuerait à s'occuper de lui avec l'aide de Catou et de Louisette.

Noëlie jeta un dernier regard à sa chambre avant de tirer la porte derrière elle. Elzéar les conduisait, Clélia et elle, en gare d'Avignon d'où elles prendraient le PLM pour Paris. Noëlie espérait, sans trop oser y croire, que l'aventure la rapprocherait de sa bru. Son époux la retrouva dans le hall. Il la serra contre lui.

— Prends bien soin de toi, ma chérie, lui dit-il.

Noëlie se força à sourire.

— C'est la première fois que nous nous séparons pour une longue durée depuis notre mariage, reprit-il.

« Il le faut, murmura Noëlie. Pour notre fils. »

Elle avait longuement prié dans l'église de son enfance, Notre-Dame-des-Anges, à L'Isle. Elle désirait tant qu'Elzéar fût heureux ! Elle se rappelait, cependant, sa conviction, le jour où elle avait rencontré Clélia pour la première fois. La jeune femme n'était pas faite pour Elzéar. Mais lui n'était pas prêt à l'admettre.

— Nous reviendrons dès que possible, promit-elle.

Bastienne tenait François dans ses bras. Noëlie lui envoya un baiser du bout des doigts avant de rattraper Clélia devant la bastide. Depuis sa crise sur les pentes du Ventoux, Clélia paraissait étonnamment détachée. Indifférente.

Un frisson la parcourut. Noëlie se souvint brusquement de la phrase de Catou, prononcée sept ans auparavant.

« Cette fille-là porte malheur », avait-elle murmuré en se signant.

23

1882

La grande salle dans laquelle se déroulaient les « leçons du mardi » à la Salpêtrière avait un aspect déroutant. Ses murs étaient ornés de dessins, de peintures, de gravures et de photographies tandis que des armoires vitrées laissaient voir un amoncellement de crânes, de colonnes vertébrales, de tibias et d'humérus. Un peu partout, s'entassaient, pêle-mêle, sur des tables ou dans des vitrines, des bocaux, des instruments et des appareils divers. Mais le plus surprenant était bel et bien la présence de personnalités venues à l'hôpital comme elles se seraient rendues au spectacle. On reconnaissait des écrivains, des membres du Tout-Paris qui chuchotaient, critiquaient ou s'enthousiasmaient. De quoi déranger la méditation du professeur Charcot.

Les assistants veillaient. Ils firent entrer dans la pièce une jeune fille d'une vingtaine d'années, jolie, les cheveux mousseux, le teint frais mais avec dans les yeux une lueur d'angoisse. Charcot expliqua que

Mademoiselle D. était sujette à des crises d'hystérie et qu'il allait l'hypnotiser.

— Endormez-la, ordonna-t-il à un interne.

Debout derrière Mademoiselle D., celui-ci appuya quelques instants sur ses paupières provoquant ce que Charcot appelait la léthargie. Elle se laissa aller, droite et souple en même temps, mannequin d'os et de chair dont la docilité engendrait une impression de malaise. Une autre jeune fille lui succéda. Très maigre, les yeux cernés, elle semblait ravie de susciter la curiosité du public. L'interne n'eut pas le temps d'agir. Elle se renversa en arrière, se tordant, les bras en croix, les reins arqués. Un murmure gonfla dans le public. Certains se bousculèrent pour mieux voir.

Indignée, Noëlie prit Clélia par le bras. L'écœurement le disputait en elle à la colère.

— C'est… dégradant ! se récria-t-elle à voix haute, s'attirant quelques « Chut ! » courroucés.

— Venez, reprit-elle. Il n'est pas question de vous prêter à cette mascarade !

Le docteur Bastel les rattrapa alors que les deux femmes s'apprêtaient à quitter la grande salle. Son chapeau à la main, il paraissait extrêmement confus.

— Pardonnez-moi, mesdames, je ne voulais pas vous infliger ce… spectacle. Il faudrait que vous consultiez le professeur Charcot en dehors des séances du mardi. Il n'est pas responsable de cette affluence. C'est tout simplement un effet de mode.

— Extrêmement regrettable, croyez-moi, laissa tomber Noëlie.

Cramponnée à son bras, Clélia paraissait être dans un état second.

Le docteur Bastel le remarqua lui aussi puisqu'il proposa :

— Si j'osais… venez vous reposer quelques instants dans mon bureau.

Noëlie accepta. Elle sentait Clélia si tendue qu'elle redoutait une nouvelle crise. Elles suivirent Bastel dans une petite pièce sombre. Une reproduction de *Méduse*, du Caravage, était accrochée au mur. Les mains de Clélia tremblaient, elle était en proie à une nervosité extrême.

— Je veux rentrer chez moi, souffla-t-elle.

Noëlie se leva.

— Venez, mon petit.

Bastel lui décocha un regard chargé de reproche.

— Le silence et le non-dit restent la pire solution, énonça-t-il. Certains drames enfouis empoisonnent l'âme et le corps. Il est dommage que vous n'ayez pu vous entretenir avec le professeur Charcot. Il est persuadé que les symptômes hystériques sont dus à un choc traumatique dont le souvenir reste inconscient.

Noëlie y avait déjà pensé, de façon confuse. Elle observa attentivement son interlocuteur.

— Que voulez-vous dire, docteur Bastel ?

Il garda le silence quelques instants avant de répondre, en se tournant vers Clélia :

— Ce n'est pas à moi d'expliquer. C'est à vous, madame Viguier.

Clélia s'agita un peu plus sur sa chaise. Noëlie s'émut de son regard traqué.

— Ce à quoi nous avons assisté relevait du cirque et de la cruauté, déclara-t-elle froidement. Je pense que vous nous avez trompées en nous laissant espérer une guérison.

— Encore faut-il que le patient le désire, répliqua-t-il, sans quitter Clélia des yeux.

La jeune femme secoua la tête.

— Je suis lasse, mère, j'aimerais rentrer à l'hôtel, la pria-t-elle.

Les deux femmes quittèrent la Salpêtrière sans un regard en arrière. Elles marchèrent à pas pressés jusqu'aux Gobelins.

Noëlie bouillait de colère et d'indignation. Leur avoir fait faire tout ce chemin pour être le témoin de ce spectacle dégradant… le comportement du médecin la décevait profondément. Pourtant, au moment de franchir le seuil de l'hôtel, Clélia tourna la tête vers elle.

— L'avez-vous vu, à la fontaine de la Grave ? Il m'a appelée, et j'ai eu peur, si peur, que tout ne recommence…

Elle parlait d'une voix étrange, monocorde.

Le cœur de Noëlie manqua un battement.

— Que voulez-vous dire, ma petite fille ? osa-t-elle demander.

Les yeux de Clélia papillonnèrent.

— Ne faites pas attention. Nous sommes loin de lui. Il n'aurait jamais dû me retrouver. À moins… à moins que je ne me débarrasse de lui ? Oui !

s'emporta-t-elle, ce serait la solution. Le tuer. Plonger un couteau dans son cœur.

Elle se tordit les mains. Son beau visage, crispé par la douleur, était méconnaissable.

— Je ne sais pas si j'en aurais le courage. Il m'a toujours terrorisée, vous savez...

Noëlie tendit la main, caressa la joue de sa belle-fille avec d'infinies précautions.

— Clélia, mon petit, de qui parlez-vous ?

Elle se doutait bien que la jeune femme ne lui répondrait pas. Mais elle devait lui poser la question. Pour Elzéar et pour François. Contre toute attente, Clélia ne se déroba pas. Elle mentionna un prénom masculin, qui n'éveilla aucun souvenir chez Noëlie. Et puis, elle se confia. Avec des mots pudiques, qui firent cependant frissonner la mère d'Elzéar. Elle écouta Clélia. Longtemps. Les deux femmes avaient marché avant d'échouer sur un banc du jardin des Plantes. Clélia ne pouvait plus s'arrêter. Elle parlait, parlait, comme si la séance du mardi, la pitoyable exhibition de cette femme, donnée en pâture au public, lui avait permis de regarder ses souvenirs en face, enfin.

Lorsque Clélia éclata en sanglots, Noëlie se surprit à espérer que le cauchemar allait prendre fin. Pourtant, elle devinait au fond d'elle-même que Clélia n'était pas sauvée pour autant. Comment avait-elle pu survivre à un tel drame ? Noëlie, accablée, se sentait dépositaire d'une vérité qui la dépassait.

Elle tenta de réconforter Clélia avant de la ramener à l'hôtel. Docile, la mère de François se laissa entraîner sans protester. Elle était livide et de grands cernes mauves marquaient ses yeux. Noëlie la dévêtit et la coucha. Une horrible impression de gâchis lui serrait le cœur. Les révélations de Clélia, qu'elle ne songeait pas à mettre en doute, la laissaient dévastée. Elle aurait voulu s'en ouvrir à Timothée, tout en pressentant qu'elle n'en avait pas le droit. Le secret de Clélia était un secret de femme. Cependant, parce qu'il lui était impossible de ne rien faire, elle griffonna quelques mots sur son carnet de moleskine noire, qu'elle emportait toujours avec elle.

Ensuite, le cœur lourd, elle s'installa dans le fauteuil et veilla sa belle-fille. Elle savait qu'elle ne parviendrait pas à fermer l'œil de la nuit.

24

1884

Le fonctionnement du moulin à papier avait quelque chose de rassurant, pensa Elzéar, heureux d'entendre le vacarme familier régnant dans la salle des piles.

Il y avait déjà emmené son fils à plusieurs reprises mais François ne semblait pas vraiment intéressé. L'observation des insectes le captivait bien davantage.

Son grand-père l'avait remarqué, lui aussi.

— François n'a pas le goût de l'eau ni celui du papier, j'ai bien peur qu'il refuse de prendre notre suite, avait-il déclaré à Elzéar.

Pour le moment, ce dernier avait d'autres préoccupations. À près de cinq ans, François avait le temps de se raviser ! Une ombre voila le regard d'Elzéar. Il mettait tout en œuvre pour que son fils ne souffre pas trop des absences de Clélia tout en admettant que François se portait mieux quand sa mère ne s'occupait pas de lui. Il lui avait fallu plusieurs années avant de, non pas accepter, mais comprendre que son épouse ne serait jamais comme les autres. Ce qu'il avait pris pour de l'hypersensibilité s'était révélé être une maladie nerveuse s'aggravant avec les années. Instruit par Noëlie des travaux de Charcot à la Salpêtrière, le docteur Lamotte avait été horrifié. Pourquoi ne l'avait-on pas consulté ? Il aurait formellement déconseillé cette équipée à Paris. Il savait, lui, que les pauvres femmes de l'ancien lazaret étaient réduites à la condition de bêtes curieuses et que les expériences en matière d'hypnose du professeur Charcot, si elles démontraient que l'hystérie n'était pas une simulation, n'avaient pas de réels effets thérapeutiques. Il leur préférait, et de loin, de longs séjours à Néris-les-Bains.

Cependant, malgré les cures, l'état de santé de Clélia ne s'était pas amélioré. Elzéar avait parfois l'impression que son épouse rejetait l'idée même du bonheur. Comme si elle s'en était estimée indigne.

Il avait passé des nuits entières à ses genoux, suppliant :

— Clélia, mon amour, regarde-moi, regarde-nous, nous pourrions être si heureux…

Et puis, il y avait eu cette dernière nuit durant laquelle elle s'était redressée, lentement, dans leur lit. Il n'était même pas certain que ses yeux le voyaient, lui, Elzéar. Dans sa chemise blanche au décolleté orné de dentelle, avec sa longue chevelure fauve, elle ressemblait à quelque modèle d'un peintre préraphaélite, Edward Burne-Jones ou Dante Gabriel Rossetti.

Elle était belle, si belle. Et inaccessible.

Elzéar avait le cœur plein de chagrin. Des larmes montaient jusque dans sa gorge, sans couler.

— Clélia… m'as-tu jamais aimé ? avait-il soufflé.

Il n'oublierait jamais sa réponse, énoncée d'une voix lointaine :

— Qu'est-ce que l'amour ?

Cette nuit-là, il avait sombré.

Elzéar releva la tête. Il sentait peser sur lui le regard de son père. Timothée avait beaucoup vieilli ces derniers temps mais continuait toutefois à se rendre chaque jour au moulin.

— C'est sa raison de vivre, disait Noëlie en esquissant un sourire ému.

Ses parents formaient un couple si uni qu'Elzéar avait toujours rêvé de les imiter.

Il soupira. Il refusait de se montrer amer. Il vivait désormais pour son fils, et pour le moulin.

— Monsieur Elzéar, vous pouvez venir ? le héla Coralie, une jeune ouvrière.

Il la rejoignit près de la grande cuve au-dessus de laquelle officiait son père, Richard. Coralie, passionnée par la fabrication du papier, travaillait comme lisseuse et Elzéar appréciait souvent ses suggestions.

Sous le fichu qui dissimulait ses cheveux, son petit visage en forme de cœur était ravissant.

« Oublier…, songea Elzéar. Oublier Clélia dans ses bras, rien qu'une heure… »

Il savait pourtant qu'il ne le ferait pas. Il restait marié, et il estimait trop Coralie et son père pour compromettre la jeune fille. De plus, il ne l'aimait pas. Il éprouvait seulement une attirance sexuelle pour elle. « C'est l'effet du retour des beaux jours », se dit-il avec une pointe de cynisme.

— Regardez ! reprit Coralie.

Pendant que la feuille de papier s'égouttait, elle avait placé dedans à la main, un à un, des pétales de rose rouges. L'effet ainsi obtenu était empreint de fraîcheur et de gaieté. Elzéar félicita chaleureusement Coralie. Elle rosit de satisfaction.

— J'avais pensé faire des essais avec des pétales de glycine et de pivoines, proposa-t-elle. Et fin juin, avec de la lavande.

— Je te donne carte blanche. Tu peux utiliser les fleurs du jardin du moulin. Nous mettrons en vente ce papier à inclusions florales dimanche prochain à la boutique.

La fierté de Coralie faisait plaisir à voir. « Allons..., se dit Elzéar, il reste encore des personnes pour s'intéresser au moulin à papier. » Son père avait lui aussi remarqué l'enthousiasme de la jeune ouvrière.

Elzéar retrouva Timothée dans le bureau où le papetier recevait une vieille connaissance, l'imprimeur Balthazar. Celui-ci salua Elzéar. Les deux hommes paraissaient troublés.

— Pardonnez-moi, murmura Elzéar. J'ai peur de vous avoir dérangés.

Son père secoua la tête.

— Mais non, que vas-tu imaginer ? C'est juste que Georges vient de me faire part d'une nouvelle qui m'a contrarié…

— Je n'ai pas de secrets pour ton fils, intervint l'imprimeur.

Se tournant vers Elzéar, il précisa :

— J'arrête. Je suis trop vieux pour poursuivre mon activité et comme je n'ai pas d'héritier…

Célibataire endurci, Georges Balthazar n'avait ni neveu ni filleul pouvant lui succéder. Il avait donc résolu de vendre son entreprise.

Elzéar ne tenta pas de dissimuler son désarroi. Depuis quelques années, il avait le sentiment que toute une génération – celle de son père – arrivait au bout du chemin. Ce fut Georges Balthazar qui tenta de le réconforter :

— Ne te frappe pas ainsi, mon garçon ! C'est la vie ! Me croyais-tu donc immortel ? Et ton père… il va bientôt falloir qu'il lève le pied, lui aussi…

Autant de sujets qu'Elzéar se refusait à aborder. Peut-être parce qu'il ne pouvait partager ses soucis avec son épouse.

Il marmonna une vague excuse et s'éclipsa. Il eut le temps d'entendre Timothée soupirer :

— J'aurais tant désiré qu'il fût heureux en ménage…

Et, les tempes battantes, il traversa la salle des piles pour se jeter sur le chemin de la fontaine. Il avait honte. Était-ce le mot juste ? Honte de ses réactions, honte de l'échec de son mariage. Voilà.

C'était dit. Depuis des années, il cherchait à se cacher la vérité que tous, autour de lui, connaissaient. Il s'était longtemps demandé « Pourquoi ? » et comprenait brutalement que Clélia était certainement la principale responsable du fiasco de leur couple. Il avait tout accepté, tout supporté, pour se retrouver les mains vides, assoiffé d'amour.

Il jeta un regard incrédule aux ruines du château, se remémorant les vers de Pétrarque :

Je ne puis trouver la paix, et je n'ai pas de quoi faire la guerre ;
Et je crains et j'espère ; et je brûle et je suis de glace.
Et je m'envole au-dessus du ciel et je rampe sur la terre ;
Et je ne saisis rien et j'embrasse le monde entier[1].

Certains remettaient en cause l'existence même de Laure. Mais lui n'avait-il pas rêvé l'amour de Clélia ?

Il descendit sur la berge de la Sorgue. Le soleil était déjà chaud mais Elzéar se sentait glacé jusqu'à l'âme. Il suivit des yeux une dizaine de canards qui se livraient à une véritable pantomime, se promettant de revenir avec son fils. Il avait trop longtemps attendu, espéré un geste ou un mot tendre de la part de son épouse.

Désormais, il prendrait mieux soin de François.

— Papa !

1. *Poésies de Pétrarque*, P. Masgama, 1842, traduction de F.-L. de Gramont.

Son fils était attablé en compagnie de Noëlie à l'hostellerie de Vaucluse. Si sa grand-mère se contentait d'une tasse de thé, lui s'apprêtait à attaquer une crêpe de belle taille.

— Eh bien ! Surpris en flagrant délit de gourmandise ! s'écria Elzéar en les rejoignant.

Sa mère l'accueillit tendrement.

— Nous avons toujours pour habitude de fêter le retour des beaux jours chez Hortense. François prétend que ses crêpes sont meilleures que celles de Catou.

— Chut ! Ne le lui répétez surtout pas !

Il sourit à la jeune femme qui lui proposait une boisson, commanda une absinthe et s'installa.

L'ombre était douce sous le figuier. Elzéar se surprit à se détendre en sirotant son absinthe qu'Hortense lui avait servie dans les règles de l'art, versant l'alcool dans un grand verre, posant sur ses bords une cuiller percée spéciale, et mettant deux morceaux de sucre dessus. Elle avait ensuite laissé tomber l'eau goutte à goutte sur la cuiller.

Un délicieux parfum d'anis et d'herbe fraîchement coupée envahissait la terrasse. Noëlie fronça le nez.

— Ton père préférera toujours le porto, comme ton grand-père Nicolas. Regarde tout ce monde qui arrive déjà à Vaucluse… ma petite Hortense, vous pouvez réfléchir à une nouvelle carte, les amateurs ne vont plus tarder.

— Il me faudra justement du papier à filigrane pour mes menus.

La jeune femme rougit.

— Quelque chose de beau, pas tout à fait blanc, plutôt ivoire…

— Nous verrons cela ensemble, suggéra Elzéar.

Pour la première fois depuis longtemps, il prenait conscience de la chaleur du soleil, de la beauté du cadre, de la gaieté de l'aubergiste.

Comme si, lentement, la vie reprenait ses droits.

— Oui, nous verrons cela, répéta-t-il.

Sa phrase ressemblait à une promesse.

25

1885

Une nuit d'hiver glaciale enveloppait le parc de la bastide, alors que le vent secouait sans répit portes et volets et ronflait dans les cheminées.

Les tempes battantes, Clélia rejeta les draps et se leva. Elle avait peur, comme toujours, lorsque les ombres repoussaient la lumière. D'autant plus qu'elle l'avait aperçu rôdant du côté de la colonne. Était-ce bien *lui* ou s'agissait-il d'une illusion, d'un effet de son imagination ? Depuis qu'il l'avait accostée, à la fontaine de la Grave, trois ans auparavant, son fragile équilibre s'était effondré. Elle vivait dans l'angoisse. Noëlie était sa seule confidente mais Clélia pouvait-elle réellement lui accorder sa confiance ? D'ailleurs, elle ne lui avait pas tout dit, gardant par-devers elle cette partie de sa vie qui faisait d'elle un monstre.

Elle croyait réellement qu'elle parviendrait à oublier son passé le jour où elle avait accepté d'épouser Elzéar. Il était séduisant, et il l'aimait. Elle-même se disait que l'existence avec lui serait agréable. La *contessa* était déjà âgée, et sa situation de subalterne pesait à Clélia même si elle s'entendait plutôt bien avec la vieille dame.

Son mariage avec l'héritier du Moulin des Sources avait été une décision raisonnée, motivée par le désir de survivre.

C'était compter sans l'amour d'Elzéar, qui l'étouffait. C'était aussi faire abstraction du passé qui lui revenait par bribes.

Ainsi, en Toscane, avait-elle perdu pied lorsqu'elle s'était trouvée confrontée à ce tableau de Piero della Francesca représentant Marie enceinte. Ce jour-là, elle était persuadée que *tout le monde savait*. Sa propre grossesse avait constitué pour elle une épreuve quasi insurmontable. Chaque nausée, chaque modification de son corps la renvoyait à des souvenirs qu'elle avait pensés enfouis à jamais. Cet enfant qui poussait en elle, c'était aussi un peu de *l'autre*. Elle avait été tentée de disparaître à plusieurs reprises. La mort ne lui faisait pas peur. Elle était convaincue qu'elle ne pouvait pas être plus douloureuse que ce qu'elle avait déjà traversé. Seule l'avait retenue la crainte de commettre un autre crime. L'enfant dans son ventre était innocent et Elzéar ne se remettrait pas de sa perte. Lui l'aimait et ne lui avait jamais fait de mal.

Pieds nus, Clélia frissonna dans sa chemise légère. Il serait simple, presque trop simple, d'aller retrouver Elzéar dans sa chambre et de se couler contre lui. Elle connaissait l'étendue de son pouvoir sur lui. Son corps le rendait fou de désir. Elle fit la moue. À une certaine époque de sa vie, elle avait souhaité, désespérément, être plus laide que les sept péchés capitaux. Dans l'espoir de se protéger. Elle sursauta, comme prise en faute. Il lui semblait qu'*il* l'appelait dehors. À moins que ce ne fût le vent dans les arbres ? Ce vent qui était moins fort à Venasque. Elle ne pouvait s'empêcher de trembler chaque fois qu'elle évoquait la demeure familiale, située à l'écart du village.

Élevée par sa marraine, Julia, qui possédait un commerce à Avignon, Clélia n'était retournée à Venasque qu'à l'âge de quatorze ans, à la mort de sa tutrice.

Elle avait fort mal supporté le contraste existant entre l'atmosphère sereine de la librairie, place des Corps-Saints, et le silence écrasant du mas Peyrol.

Depuis la disparition prématurée de son père, sa mère s'était battue pour sauvegarder le domaine. Première levée, dernière couchée, elle accomplissait un travail de bagnard sans jamais se plaindre. Clélia, habituée à vivre en ville, à lire les auteurs classiques et à être servie, n'avait aucune affinité avec cette quasi-inconnue qu'elle n'était pas loin de considérer comme une bête de somme. Cette situation avait renforcé le sentiment de solitude de l'adolescente. De quoi aurait-elle pu discuter avec les deux valets de ferme ? Des vergers de cerisiers plantés pour répondre à la demande des confiseurs aptésiens ? De la moisson ?

Clélia était une étrangère au mas Peyrol, tout le monde en avait conscience. Elle avait pensé que tout changerait au retour de Roger. Fils prodigue, il avait voyagé jusqu'en Abyssinie, exercé mille et un métiers pour finalement renouer avec sa famille. Clélia avait vu leur mère adopter une tout autre attitude en présence de Roger. Elle semblait revivre, lui demandait son avis à tout propos et faisait des projets. Clélia, pour sa part, se sentait exclue du dialogue mère-fils. Elle aurait donné n'importe quoi pour être enfin reconnue par leur mère, être membre à part entière de cette famille extravagante dans laquelle on ne s'embrassait jamais mais où l'on se tenait droit, pour parer à toute critique.

C'était assurément pour être intégrée que Clélia n'avait pas protesté, la première fois.

D'ailleurs, elle était si choquée qu'elle n'avait pas su trouver les mots ni les gestes pour *le* repousser. Après… bien sûr, c'était trop tard. *Il* la rejoignait la nuit dans sa chambre, située au sommet de la petite tour qui dominait le mas.

Elle *l'*admirait éperdument lorsqu'*il* montait Volcano, son demi-sang à la robe sombre, ou quand *il* se mêlait aux valets de ferme pour charger la charrette de bottes de foin. Elle aimait se trouver belle sous ses regards qui la suivaient, où qu'elle aille. En revanche, elle avait pris peur lorsqu'*il* s'était introduit pour la première fois dans son lit. Elle n'avait vu de *lui* qu'un sourire très blanc, un sourire de loup, avant qu'*il* ne s'abatte sur elle et ne la bâillonne de la main. Cette nuit-là, elle avait voulu mourir. Non seulement parce que Roger et elle avaient commis un crime mais aussi parce qu'elle y avait pris un plaisir doux-amer. Celui du fruit défendu.

Par la suite, elle avait tenté de *l*'éconduire, en vain. *Il* savait fort bien qu'elle était incapable de résister à certaines caresses, à certains mots. Même si, après son départ, elle sanglotait de honte et de détresse en humant le parfum de garrigue qui imprégnait ses draps. Elle *le* détestait. Et ne parvenait pas à *le* chasser.

Il avait deviné avant elle. Elle avait remarqué qu'*il* paressait lointain, distant même. *Il* l'avait emmenée lui-même chez la vieille Félicie, qui habitait sur la route du col de Murs. Clélia n'oublierait jamais la scène de cauchemar qui avait suivi. Elle s'était enfuie de la baraque crasseuse après avoir arraché la sonde de son ventre. Elle gardait un souvenir étrange des semaines qui avaient suivi. Le délire, la fièvre, les douleurs dans le ventre…

Sa mère lui apportait de quoi manger et boire mais Clélia avait l'impression de ne plus exister pour elle. Pourquoi n'avait-elle pas appelé un médecin ? Ou, simplement, posé la main sur son front ? Coupable. Tout, dans l'attitude de sa mère, démontrait à Clélia qu'elle était coupable.

Roger avait disparu. Chassé par leur mère, ou parti de son plein gré ? C'était le genre de questions qu'on ne posait pas au mas Peyrol et dont le poids vous étouffait peu à peu.

Elle avait lentement sombré dans un état semicomateux. Elle se souvenait de son ventre qui renflait à peine sa silhouette menue et de la pénombre baignant sa chambre.

Elle était seule quand les premières douleurs l'avaient prise. Elle avait crié, hurlé, jusqu'à ce que sa voix se brisât contre les persiennes closes. Elle avait tout enfoui en elle. La souffrance, le désespoir, la peur. Tout, jusqu'au minuscule visage fripé du nourrisson qu'elle avait fini par expulser au terme d'un intolérable calvaire. Il vivait alors, elle en était certaine. Elle avait essuyé le sang et le mucus qui le couvraient avant de s'apercevoir, horrifiée, qu'il ressemblait à Roger.

Pour ne plus voir ce visage qui attestait l'inceste commis, elle s'était soulevée et l'avait étouffé sous un oreiller. C'était presque trop simple.

Clélia, hagarde, contempla ses mains. Le vent, cette nuit-là, soufflait violemment. Exactement comme la nuit où elle avait tué son enfant. Poussant un gémissement inarticulé, elle sortit de sa chambre, descendit dans le hall.

Elle n'avait qu'une hâte, fuir la bastide ou, plutôt, les souvenirs qui la hantaient. La demeure était silencieuse. Clélia souleva la lourde barre de la porte, tira les verrous.

Le vent la fit chanceler. Courbant la tête pour lui offrir moins de prise, elle suivit le chemin menant vers la Sorgue.

26

1890

La lumière d'été conférait une beauté singulière à la Sorgue et au paysage, eau et rochers mêlés.

Ce serait un beau dimanche, pensa Hortense. Toutes ses tables étaient réservées. En l'espace de quelques années, l'hostellerie était devenue une étape incontournable de toute excursion à Vaucluse. Elle avait ses habitués, qui venaient chaque dimanche dès le retour des beaux jours, mais aussi de nouveaux clients, grâce au bouche-à-oreille. Sa cuisine était en effet fort appréciée. On allait en famille « manger chez Hortense » les truites de la Sorgue, accommodées au poivre d'âne, le tian de Carpentras aux épinards, les asperges sauvages en omelette, les croustades de grives ou encore *lou cachat*, un mélange de fromage de chèvre, de roquefort, de vieux marc et d'huile d'olive qu'on tartinait sur du pain grillé accompagné d'une lamelle d'oignon blanc ou de cébette.

Jean-Rémy prisait particulièrement cette spécialité.

Hortense appelait le professeur « mon meilleur pensionnaire ». Depuis 1881, il était venu chaque été à Vaucluse. Il enseignait désormais à Lyon, et avait consacré plusieurs ouvrages à Pétrarque.

Il réclamait toujours la même chambre, dont la fenêtre ouvrait sur la rive gauche de la Sorgue, et les ruines du château. Le mobilier typiquement provençal, lit à litoche, commode en noyer, table de toilette, bureau et fauteuil paillé, lui plaisait. Il pensait parfois qu'il avait dû naître du côté de Vaucluse dans une autre vie. Cette remarque égayait Elzéar Viguier, qui était devenu un ami.

Jean-Rémy but à petites gorgées son grenache vieux de Mazan, auquel il était resté fidèle depuis toutes ces années. Sans même le consulter, Hortense le lui servait avec des tartines de terrine de grives. Un commis, Léonce, l'aidait désormais en cuisine et Liane, la fille du boulanger, la secondait durant la saison touristique.

Cela la faisait sourire.

— L'orpheline a fait du chemin, plaisantait-elle.

Elle sourit en apercevant la haute silhouette d'Elzéar parmi la foule des promeneurs. Fidèle à un rendez-vous tacite, il venait chez elle déjeuner avec Jean-Rémy chaque dimanche. Son fils l'accompagnait. Hortense se sentait toujours un peu intimidée par l'adolescent au regard aigu. Elle savait qu'il appréciait le lièvre mariné au thym et au genièvre, plat qu'elle inscrivait régulièrement à son menu.

François salua gravement Hortense tandis qu'Elzéar retenait entre les siennes la main de la jeune femme. Elle rougit et s'en agaça. Lui parvenait à donner le change. Elle ne pouvait oublier que, deux à trois soirs par semaine, il la rejoignait dans sa chambre.

Elle se rappelait avec beaucoup d'émotion la cour discrète d'Elzéar, quatre ans auparavant. Meurtri par des années de souffrances aux côtés d'une épouse à la raison chancelante, le fils de Noëlie pensait ne plus avoir droit au bonheur.

Une rencontre sur le sentier longeant le mur de la Peste leur avait permis de se découvrir plusieurs points communs. L'un et l'autre aimaient les longues marches, leur site de Vaucluse, et aspiraient à une existence sereine. Elzéar admirait l'esprit d'entreprise et l'indépendance de l'hôtelière qui, non contente d'attirer une clientèle toujours plus nombreuse, commercialisait désormais des bocaux de terrine et des pots de confiture de gigerine et de figues.

Il y avait déjà un certain temps qu'il avait remarqué combien Hortense était charmante. Il l'avait souvent côtoyée à la bastide, sa mère appréciant la compagnie de la jeune femme. Par la suite, Elzéar avait eu l'impression que le hasard multipliait les occasions. Mais s'agissait-il réellement du hasard ou bien d'une attirance mutuelle ? Elzéar avait brûlé ses vaisseaux un soir de janvier, alors qu'il rentrait du moulin à papier. Il y avait travaillé encore plus longtemps que d'habitude à cause d'une commande urgente. Saisi par le froid, il s'était arrêté à l'hostellerie pour réclamer à Hortense du vin ferré.

Il s'agissait d'une spécialité ancienne qu'elle avait remise à la mode, dont la préparation consistait à tremper un fer rougi dans du vin chaud.

Elzéar se souvenait de tout : l'unique convive, le père Anatole, qui dodelinait de la tête devant la cheminée en sirotant son verre d'eau-de-vie ; le chien au pelage clair, allongé en travers de la porte, comme pour signifier : « Attention ! Je monte la garde ! » ; l'atmosphère chaleureuse émanant de la salle dont les murs avaient été chaulés de frais à l'automne.

Hortense collectionnait tout, aussi bien les bouquets de fleurs séchées que les boîtes en métal, les livres anciens de cuisine ou les assiettes en faïence dépareillées. Il faisait bon dans la pièce et de la buée ouatait les vitres.

Elzéar revoyait la robe de laine bleue qu'Hortense portait ce soir-là, protégée par un grand tablier à imprimé ramoneur. Elle confectionnait de la pâte et ses avant-bras étaient poudrés de farine. Lorsqu'elle releva la tête, ses yeux pétillaient.

— Il y aura des oreillettes demain, avait-elle annoncé, rieuse.

Un élan irrésistible l'avait poussé vers elle. Il avait tendu la main, effleuré son bras nu d'un geste à la fois timide et déterminé. Leurs regards s'étaient croisés. À cet instant, Elzéar avait su qu'il n'avait pas la moindre envie de reculer. Il désirait la jeune femme, pas seulement physiquement, mais aussi pour sa gaieté et sa force de caractère. Il avait besoin de se ressourcer auprès d'elle après les années de désespérance traversées.

Hortense n'avait pas baissé les yeux. Il y avait beau temps qu'elle s'intéressait à Elzéar. Le mariage malheureux du papetier lui conférait une aura mélancolique dans le bourg. On parlait souvent de « ce pauvre Elzéar ».

En revanche, personne n'évoquait son épouse. Il se murmurait que Clélia était soignée à Paris dans une clinique mais on chuchotait également qu'elle relevait de l'asile. Sa tentative de suicide dans la Sorgue, une nuit d'hiver, avait choqué. Le fait d'attenter à ses jours constituait le crime suprême, et de vieilles histoires avaient resurgi. Ces Viguier manquaient de religion. Aucune messe n'avait été donnée pour l'enterrement du vieux Nicolas, selon ses dernières volontés, et sa femme ne s'en était jamais remise. Quant à Elzéar, il fréquentait peu Saint-Véran, comme s'il avait eu quelque compte à régler avec Dieu.

Seuls Noëlie et Timothée se comportaient en bons chrétiens mais Timothée n'allait pas bien. La fatigue, l'âge, l'accumulation des soucis…

Dans les bras d'Hortense, Elzéar avait tout oublié l'espace d'une nuit. Ébloui, il avait découvert qu'aimer, c'était aussi partager, être attentif à la montée du désir de l'autre, communier, enfin, dans un embrasement de sensations. Clélia était toujours restée insensible à ses caresses, au point qu'il s'était interrogé sur ses propres capacités de séduction.

Il avait pensé perdre la raison lorsque le vieil

Alphonse, le jardinier, avait ramené Clélia à la bastide. Les cheveux pendant jusqu'au sol, ruisselante dans sa chemise de nuit gorgée d'eau, blême, elle paraissait morte. Toute la maisonnée s'était précipitée pour ranimer, réchauffer, frictionner la jeune femme.

Elzéar aurait voulu tenir François à l'écart. Il n'avait aperçu son fils, penché au-dessus de la rambarde de l'escalier, qu'à l'arrivée du docteur Lamotte. Il avait alors confié le petit garçon à Noëlie mais il était déjà trop tard.

Durant deux jours et deux nuits, Clélia avait oscillé entre la vie et la mort. Quand enfin le médecin l'avait déclarée sauvée, il n'avait pas laissé le choix à Elzéar. Il estimait en effet que l'état de santé de Clélia nécessitait une surveillance constante et des soins appropriés. Face au regard vide de sa femme, Elzéar s'était résolu à la faire soigner dans un établissement spécialisé. Il n'était plus possible de se voiler la face. Clélia avait basculé dans un autre monde, et pouvait se révéler dangereuse.

Il secoua la tête comme pour chasser ces souvenirs pénibles. Éprouvait-il encore de l'amour pour Clélia ? C'était une question qu'il préférait ne pas approfondir. Chaque fois qu'il lui rendait visite à la clinique parisienne du docteur Blanche, il revenait dévasté, anéanti. Il ne pouvait se confier qu'à sa mère mais cherchait à la protéger. Ne s'était-elle pas retrouvée en première ligne lorsqu'elle avait emmené Clélia à la Salpêtrière ?

Jean-Rémy étira discrètement ses jambes et huma les effluves émanant de la cuisine.

— Ma chère Hortense, vous allez une nouvelle fois réjouir nos papilles.

Elle rougit de plaisir. La cuisine était pour elle une façon d'exprimer son amour de la vie. Elle était ravie lorsque de nouveaux clients la remerciaient pour le bonheur qu'elle leur avait procuré.

François fronça les sourcils :

— Manger ne m'intéresse guère.

Les deux hommes ne pipèrent mot. Manifestement, l'adolescent tentait de se démarquer, peut-être même de blesser Hortense. Celle-ci sourit.

— Ce n'est pas grave. Qu'est-ce qui vous passionne ?

Elzéar songea qu'il n'avait jamais posé cette question à son fils. Pour lui, cela allait de soi, François prendrait sa suite au moulin à papier.

Il ne put donc dissimuler son sursaut en entendant la réponse de son fils :

— La médecine. Je veux être médecin.

27

1891

Il avait toujours eu une secrète préférence pour les premiers jours du printemps, quand la nature reprenait ses droits avec une force, une impatience qui lui faisaient désormais cruellement défaut. Tout le grisait, les eaux bouillonnantes de la Sorgue, les arbres aux troncs couverts de lierre, au feuillage vert tendre, le chant des oiseaux et leurs battements d'ailes.

Lourdement appuyé sur sa canne, Timothée contemplait la rivière depuis la fenêtre de son bureau. Il l'aimait tant ! Sous peu, il le pressentait, il ne parviendrait plus à se rendre jusqu'au moulin, même en boghei, et devrait se cantonner à la bastide. Ce serait la fin.

Il inspira longuement l'air frais, encore piquant. L'hiver avait été long et pénible, et il avait souffert de deux bronchites qui l'avaient affaibli. Il peinait à respirer, surtout la nuit.

« Je suis vieux, au bout du rouleau », se dit-il, avec un soupçon d'amertume.

Noëlie et lui avaient eu une belle vie, jalonnée de joies et d'épreuves. Il aurait plus volontiers accepté de partir s'il avait été assuré de la relève.

« Comme mon père… », pensa-t-il, plus ému qu'il ne souhaitait se l'avouer.

Un poids dans la poitrine l'étouffait. Depuis tant d'années…

Il savait bien pourquoi il n'avait jamais suivi le conseil de Nicolas. Parce qu'il refusait d'admettre que l'enfant de Jeanne ait pu être son fils. Cela aurait signifié qu'il s'était mal conduit. Comme si l'on avait à se soucier des bâtards !

C'étaient les filles qui devaient se garder. D'ailleurs, ne portaient-elles pas la marque de leur faute ?

Cependant, sentant son heure proche, il ne pouvait s'empêcher d'éprouver quelques scrupules. Soucieux de les apaiser, il songeait néanmoins qu'il était trop tard. Quel âge aurait le fils de Jeanne ? Plus de cinquante-cinq ans, alors qu'Elzéar en avait à peine quarante. Il n'était pas question de revenir sur ses dispositions testamentaires. Son unique héritier était son fils Elzéar, issu de son mariage avec Noëlie. Personne d'autre.

On frappa à la porte du bureau. Laurent, l'ouvreur le plus ancien, passa la tête dans l'entrebâillement.

— Monsieur Timothée… Il y a un client qui insiste pour vous voir.

L'époux de Noëlie ferma les yeux quelques secondes.

— Envoyez-le à mon fils, Laurent. Je suis trop fatigué pour le recevoir.

L'ouvreur remarqua alors la voix essoufflée du papetier, son teint cireux, et s'alarma.

— Voulez-vous qu'on vous conduise chez vous, monsieur Timothée ?

Le vieil homme esquissa un sourire crispé :

— Chez moi… c'est ici, Laurent. Au moulin.

— Mon amour, souffla Noëlie, en continuant de serrer entre les siennes les mains de Timothée.

Elle avait pressenti, dès qu'on lui avait ramené son époux du moulin, qu'il n'y avait plus d'espoir.

Depuis plusieurs semaines, elle tentait de se convaincre que Timothée allait se remettre. Son mari était fort, et combatif. Pourtant, au fond d'elle-même, elle savait bien qu'il s'était résigné à l'inéluctable. Il était devenu lointain, mélancolique. Les malheurs ne les avaient pas épargnés au cours des dix dernières années mais, pour la première fois, Timothée paraissait las de vivre. La maladie de Clélia l'avait atteint, comme eux tous, et plus encore le refus de François de perpétuer la tradition familiale. « Le moulin ne doit pas mourir », martelait-il régulièrement.

Noëlie le comprenait. Elle aussi était farouchement attachée au moulin à papier, et à ce qu'il représentait pour leur famille. Mais elle comprenait également la vocation de François. Malgré leurs efforts pour le protéger, il avait assisté à des scènes qui l'avaient fatalement marqué. Il demandait à voir sa mère. Il faudrait bien s'y résoudre, même si Elzéar redoutait, à juste titre, quelque éclat. Clélia avait sombré et, en l'état actuel de la médecine, il semblait peu probable qu'elle pût recouvrer un jour la raison.

Noëlie songeait à tout cela, penchée au-dessus du visage de celui qu'elle aimait tant. Elle ne pleurait pas. Pas encore, parce qu'elle refusait d'admettre la vérité. Timothée et elle avaient tout partagé.

Une douleur aiguë du côté du cœur lui arracha un gémissement. Tout ? Non, pas exactement. Depuis le jour de leur mariage, il y avait eu entre eux deux ce petit garçon aux yeux verts. Noëlie secoua la tête. Ses cheveux effleurèrent le drap marqué des initiales SV.

— Elzéar…, chuchota Timothée. Il faut le protéger. Et François aussi.

Elle promit. Le cœur en miettes, elle s'entendit affirmer que tout irait bien, qu'il s'agissait d'une simple alerte. Et, en entendant sa respiration de plus en plus douloureuse, elle se demandait ce qu'elle pouvait faire pour le soulager.

Elle s'allongea à ses côtés, le tint dans ses bras, en lui surélevant la tête. Il semblait dormir mais un feu ronflait dans sa poitrine.

Au petit matin, il ouvrit les yeux, lui sourit.

— Je n'ai jamais aimé que toi, murmura-t-il avant de pousser un long soupir.

Noëlie n'eut pas le temps de lui répondre. Elle vit sa bouche s'ouvrir, chercher l'air. Elle voulut le redresser, il retomba sur ses oreillers.

— Timothée ! hurla-t-elle, en vain.

Elle savait que tout était fini.

La journée était douce. Sous le ciel d'un bleu pur, la Sorgue, encore haute en raison des pluies hivernales et de la fonte des neiges, frôlait les arches du pont. Les oiseaux chantaient à tue-tête. Une impression de paix profonde baignait la vallée close. Noëlie avait voulu se rendre à pied au moulin avant de regagner la bastide pour se plier aux formalités en usage. Pour elle, Timothée se trouvait là, dans la salle des piles ou au dérompoir, dans ce moulin qu'il avait tant aimé. Elle grimpa l'escalier menant à l'étendoir, esquissa un sourire ému en se souvenant d'une certaine étreinte, plus de quarante ans auparavant. Ils étaient encore jeunes alors, et n'imaginaient pas toutes les épreuves que la vie leur avait réservées. D'une main hésitante, elle lissa une feuille filigranée. Depuis plus de deux siècles, le moulin Viguier respectait une tradition d'excellence. Elzéar avait pris la suite de son père mais, après lui, il n'y aurait plus personne, et cette certitude avait empoisonné les dernières années de son mari.

Un bruit de pas la fit tressaillir. Elle se retourna. Hortense, vêtue de gris foncé, l'avait rejointe dans l'étendoir. Elle tendit la main vers elle.

— Madame Noëlie… Elzéar m'a envoyée vous chercher. On n'attend plus que vous à la bastide.

— Je viens, dit Noëlie.

Elle appréhendait la messe, le supplice de la mise en terre du cercueil.

Elle suivit Hortense dans l'escalier aux marches branlantes. Les cloches de Saint-Véran sonnaient. Noëlie se redressa, de façon à peine perceptible. Elle devait être forte.

Soutenue par Lucille, elle tint bon durant la messe. Les officiels s'étaient déplacés en nombre pour honorer le maître du moulin. Sous la nef romane, devant l'autel en marbre d'origine romaine, taillé au XIe siècle, Noëlie priait, en se remémorant les années de bonheur. De l'autre côté de la nef, son fils et son petit-fils menaient le deuil. Les amis côtoyaient la famille, Hortense et Jean-Rémy en tête. Sa vieille Catou, qui avait environ quatre-vingts ans, sanglotait dans son mouchoir. Le sermon du père Anatole avait mêlé réminiscences bibliques et considérations économiques pour faire l'éloge du défunt mais Noëlie éprouvait une curieuse impression d'irréalité.

En revanche, elle paniqua au cimetière, devant la fosse béante. Timothée et elle s'étaient mis d'accord plus de vingt ans auparavant. Ils seraient enterrés ensemble, et non dans le caveau familial des Viguier. Elzéar la rejoignit et lui pressa le bras. Elle s'en rendit à peine compte. Un souvenir cocasse lui revint brusquement à l'esprit. C'était Timothée, son Timothée, qui le lui avait raconté au cimetière de L'Isle.

« *Tout acò abeno de salivo, despièi l'aclapaire que s'escupis dins li man pèr palèja la terro, fin qu'au capelan que ié canto : Resquihes quand ié passes*[1]. »

Un sanglot noua sa gorge. Comment pourrait-elle continuer à vivre sans son mari, son amour, à ses côtés ? Ils s'étaient tant aimés !

Elle ne détourna pas la tête quand Elzéar et François jetèrent chacun une poignée de terre sur le cercueil. Elle avait cueilli les premières violettes dans le jardin du moulin, là où l'on cultivait des fleurs destinées à l'inclusion dans le papier. Elle se pencha, les laissa tomber dans la fosse. Un oiseau lança ses trilles vers le ciel. Noëlie, les yeux remplis de larmes, se détourna.

— Rentrons à la maison, décida-t-elle.

Perdue sous ses voiles de deuil, raidie pour ne pas s'effondrer, elle ne remarqua pas l'inconnu à la haute silhouette qui avait assisté à la messe comme à la mise en terre sans pour autant venir saluer la famille.

Elzéar lui jeta un regard intrigué. L'homme toucha de deux doigts sa casquette avant de disparaître dans une allée.

L'instant d'après, Elzéar l'avait déjà oublié.

---

1. « Tout le monde fait consommation de salive à l'enterrement, depuis le fossoyeur qui crache dans ses mains pour remuer la terre, jusqu'au curé qui lui chante : tu glisses quand tu y passes. » Version provençale du *Requiescat in pace*.

28

1906

L'orage menaçait, pensa François, penché à la fenêtre du bureau de son père. De gros nuages couleur d'étain se pourchassaient sur fond de ciel gris-bleu. Tout le jour, une chaleur étouffante avait pesé sur Vaucluse, ce qui n'avait pas empêché les omnibus et les automobiles de se livrer à leur va-et-vient habituel entre L'Isle et la vallée close. Le développement du tourisme était impressionnant. Depuis des siècles, la Sorgue avait attiré nombre de curieux mais, désormais, l'excursion était particulièrement en vogue. Les passionnés de nature, de littérature et de mystère scientifique se donnaient rendez-vous à Vaucluse. Un peu trop, au goût de François, qui n'avait jamais caché son attrait pour la solitude.

Il jeta un regard désabusé au bateau orné d'une guirlande qui se dirigeait vers le grand déversoir et se retourna vers Elzéar, assis à son bureau.

— N'êtes-vous pas las, père, de tous ces touristes ? Franchement, pour certains, c'est tout juste si le chemin jusqu'à la résurgence n'équivaut pas à l'ascension du Mont-Blanc ! C'est… ridicule !

Elzéar sourit à son fils sans lui répondre tout de suite. Il le regardait, et s'émouvait de sa ressemblance avec Clélia. Grand, blond, les traits fins, François était bel homme et ne semblait pas en avoir conscience. Après de brillantes études à Avignon, il était entré à la faculté de médecine de Montpellier dont il était sorti diplômé à vingt-trois ans.

« Simple médecin », comme il aimait à se définir, il exerçait à Salon-de-Provence, au grand dam de Noëlie qui aurait souhaité le savoir un peu plus près. Pour sa part, Elzéar comprenait le besoin de François de prendre de la distance. Tout, à Vaucluse, lui rappelait qu'il avait refusé de s'inscrire dans l'histoire familiale en devenant à son tour papetier. Sa vocation était ailleurs… Elzéar l'approuvait, même s'il en souffrait.

— Sans les visiteurs, nous aurions déjà mis la clef sous la porte, répondit-il enfin à son fils. De plus, nous avons la chance de vivre dans un environnement exceptionnel. Nous pouvons bien le partager…

François haussa les épaules.

— À condition de ne pas laisser détruire le site. Croyez-vous vraiment que toutes ces personnes soient passionnées par Pétrarque ?

— Je l'espère.

Son père ne changerait jamais, se dit François, attendri presque malgré lui. À cinquante-six ans, Elzéar vivait pour le moulin, comme son père et son grand-père l'avaient fait avant lui. La tradition de la maison Viguier que lui, François, avait volontairement rompue.

Hortense l'avait soutenu le jour où il avait annoncé qu'il ne renoncerait pas à son rêve : devenir médecin. Il lui en avait su gré, même s'il acceptait mal sa liaison avec son père. Tout le village avait deviné depuis longtemps la situation. Seuls les intéressés croyaient encore donner le change. C'en était émouvant.

Il aurait voulu poser de nombreuses questions à Elzéar et finissait toujours par y renoncer, de crainte de le blesser. L'ombre de Clélia pesait sur eux depuis tant d'années. Lorsqu'il évoquait sa mère, François revoyait une grande et belle femme aux longs cheveux blonds et entendait ses cris plaintifs.

À la mort du docteur Blanche, en 1893, Elzéar était allé chercher Clélia à Paris et l'avait ramenée à Vaucluse. Sans repères, Clélia avait multiplié les crises. Il avait fallu se résoudre à la faire interner de nouveau, à Avignon cette fois. La période avait été particulièrement difficile à vivre. Elzéar culpabilisait de ne pouvoir garder sa femme à la bastide et redoutait toujours que sa folie ne fût héréditaire. C'était si flagrant que Noëlie avait fini par se décider à lui parler. Elle gardait le secret de Clélia depuis 1882 et ce secret était devenu trop lourd pour elle. Elle s'était confiée à Elzéar un soir d'hiver, alors que le vent mugissait dans la cheminée.

— J'ai lu, depuis, tout ce qui est paru sur la question tabou de l'inceste, avait-elle dit à Elzéar.

Clélia a vécu un tel drame qu'elle n'a pu le supporter. C'est sa famille, son frère et sa mère, qui sont responsables de ce qu'il faut bien appeler sa folie. Pas elle.

Il s'était rendu à Venasque au printemps 1895. Les cerisiers en fleur, la silhouette du village perché sur un éperon rocheux constituaient un décor bucolique, qui n'expliquait en rien les errances de Clélia. Il avait posé quelques questions avant de découvrir une ferme abandonnée. La mère était morte, le frère aussi. « Pendu », lui avait-on précisé avec un soupir.

Personne n'avait voulu reprendre la ferme. On racontait que le lieu portait malheur et, malgré son esprit cartésien, Elzéar n'était pas loin de le croire.

Il était revenu de Venasque le cœur lourd. Aurait-il pu sauver Clélia, s'il avait su ? Il la revoyait aux premiers temps de leur idylle, belle et farouche, si lointaine déjà, et se disait qu'elle portait en elle le drame à venir.

Il secoua la tête, comme pour chasser ce souvenir obsédant. François l'observait avec attention.

— J'aimerais que vous me fassiez suffisamment confiance pour partager avec moi l'histoire de notre famille, déclara-t-il.

Elzéar, dans un geste instinctif de protection, leva les mains.

« Je ne veux pas, signifiait ce geste. Je ne veux pas entendre ta demande, ni y répondre. C'est au-dessus de mes forces. »

François le comprit. Il soupira.

— Je sais que ma mère et grand-mère sont allées à Paris, à la Salpêtrière. Jean-Martin Charcot y officiait alors. Je sais aussi que ma mère a voulu mettre fin à ses jours, et qu'elle a ensuite été internée dans la clinique du docteur Blanche, là même où le pauvre Maupassant a passé les derniers mois de sa vie. Ce que je demande simplement, c'est pourquoi ?

C'était une question légitime. Mais Elzéar était incapable de lui raconter l'indicible. D'autant qu'il pressentait ignorer encore une partie de la vérité.

— Si tu en as le courage, va la voir à Montdevergues, suggéra-t-il. Les médecins pourront peut-être t'aider. Moi, je ne le peux tout bonnement pas…

François considéra avec compassion le visage de son père.

« Une vie gâchée », pensa-t-il.

Il se rappelait le regard émerveillé d'Elzéar fixé sur Clélia, l'amour dont il entourait sa femme. Certes, Elzéar avait fini par se résigner, avait trouvé réconfort et, même, un certain bonheur auprès d'Hortense mais il n'aimerait jamais celle-ci aussi intensément qu'il avait aimé Clélia.

François se pencha, pressa l'épaule de son père avec la maladresse des pudiques.

— Vous avez fait tout ce qu'il était possible de faire, père. Je n'en ai jamais douté.

Elzéar sourit tristement.

— Je me suis si souvent senti impuissant ! Comme si un mur invisible nous avait séparés, ta mère et moi. Pourtant, Dieu m'est témoin, je l'ai aimée passionnément…

La dernière fois qu'il était allé lui rendre visite à Montdevergues, il l'avait trouvée changée. Elle était toujours superbe, mais la peau du visage s'était affinée, tendue sur les pommettes hautes, le regard délavé. Sa beauté était comme une armure et un châtiment.

Dans le bureau, l'ombre de Clélia flotta, impalpable. Depuis l'enfance, François avait souvent comparé sa mère absente à la belle Laure, le grand amour de Pétrarque. À son avis, ce n'était pas un hasard si Clélia avait choisi de venir vivre à Vaucluse. Elle avait certainement espéré y trouver la sérénité, en vain.

Un éclair zébra le ciel. Au loin, le tonnerre grondait.

— Rentrez-vous avant que l'orage n'éclate ? s'enquit François. Il risque d'être impressionnant si j'en crois la chaleur des derniers jours.

Son père secoua la tête.

— Je ne crains pas les orages. Au contraire, j'aspire à un peu de fraîcheur. De toute manière, j'ai du courrier et de la paperasserie en retard. Tu sais ce que c'est. Depuis le départ de mademoiselle Suzanne, j'ai laissé les papiers s'accumuler. Il faudrait que je me trouve une nouvelle secrétaire mais la seule idée de la former m'épuise.

— Demandez à Hortense. Je suis sûr qu'elle vous dénichera quelqu'un de bien.

Elzéar fronça les sourcils. Le ton de François était indéfinissable.

— Hortense est elle-même quelqu'un de bien, précisa-t-il. Même si tu ne l'apprécies guère.

François haussa les épaules.

— Je ne crois pas que ce soit dirigé contre elle. C'est simplement que… qu'elle n'est pas ma mère.

Voilà, c'était dit ! Une mère qu'il avait idéalisée, année après année, malgré ses crises de nerfs et son comportement déroutant.

— Hortense t'aime beaucoup, insista Elzéar, de nouveau maladroit.

Il aurait voulu voir régner l'harmonie dans leur famille. C'était une pure utopie, il le savait. Ce que lui confirma implicitement son fils quelques instants plus tard :

— Je suis incapable de forcer ma nature, déclara-t-il en esquissant un petit sourire d'excuse.

Le cœur lourd, Elzéar se dit que Clélia n'avait pas seulement tenté de se détruire. Elle avait aussi mis à mal l'unité de leur famille, en semant la discorde entre le père et le fils. Il se surprenait parfois à espérer que François pourrait un jour renoncer à la médecine pour lui succéder à la tête du Moulin des Sources. Mais ce n'était qu'un rêve. Son fils ne reviendrait pas s'établir à Vaucluse. Le fantôme de Clélia l'en empêchait.

29

1908

« Le bon Dieu m'a oubliée », murmurait parfois Noëlie, en s'étonnant d'avoir encore bon pied bon œil à quatre-vingt-cinq ans bien sonnés. À moins que ce ne fût l'air de Vaucluse, qu'elle avait toujours considéré comme souverain ? Si elle devait se rendre au moulin en calèche, elle allait encore arpenter seule le chemin de la fontaine, admirant le paysage au fil des saisons. Elle avait bien cru, pourtant, ne pas survivre à Timothée. D'ailleurs, une partie d'elle-même était morte en même temps que son époux. Elle avait vécu au ralenti durant plus d'une année, aspirant à le rejoindre le plus vite possible.

Et puis, au printemps suivant, il y avait eu ce chiot offert par Hortense. C'était un bâtard, un « chien de rond-point », comme aurait dit Frédéric Mistral, au pelage marron, avec des oreilles soyeuses et des yeux pareils à des grains de café. Il s'était lové dans les bras de Noëlie et elle avait contemplé, émerveillée, ce petit chien qu'elle avait tout de suite appelé Moka. Grâce à lui, elle avait retrouvé un certain goût de vivre. Pour promener Moka, elle avait renoué avec son habitude d'effectuer de longues marches. Hortense l'invitait à l'accompagner dans ses cueillettes d'asperges sauvages ou de truffes. Athos, le fils de Gavroche, était un bon chien truffier.

Noëlie avait aussi repris le chemin du moulin à papier. Elle aimait le contact avec les visiteurs, toujours intéressés par la fabrication du papier. Les inclusions florales étaient de plus en plus recherchées. La célébration du six centième anniversaire de Pétrarque, quatre ans auparavant, avait donné lieu à de nombreuses réjouissances.

Le Moulin des Sources en avait profité pour créer un papier original frappé des initiales du poète en filigrane. Tout Vaucluse s'était déplacé pour assister au grand banquet du 16 juillet en présence de l'écrivain Frédéric Mistral. La fête, cependant, n'avait pas eu le faste de celle de 1874, qui avait attiré près de soixante mille personnes à Avignon. Il en restait un bas-relief portant les médaillons de Laure et de Pétrarque ainsi que des textes de Lamartine, de Pétrarque, de François Ier et de Marot.

Chaque fois qu'elle passait devant, Noëlie se disait que « leur » poète était décidément universel.

« Si seulement..., pensa-t-elle, François pouvait accorder un peu plus de confiance à la vie ». Elle souffrait de le savoir loin d'eux. « Salon... pourquoi pas Aix ou Marseille ? » Elle avait bien vu, avec Lucille ! Sa sœur, habituée à la grande ville, n'était jamais revenue dans le Comtat. À soixante-quatorze ans, elle tenait toujours sa boutique de fleuriste, dont le renom était bien établi.

Lucille venait une fois par an à L'Isle, à la Toussaint. Elle restait trois jours, jamais plus, à la bastide avant de reprendre le train à L'Isle. Toutes deux évoquaient le passé, leurs parents, et leur frère, mort en 1900. La guerre de Crimée avait brisé le destin d'Émile en faisant de lui un infirme renfermé sur lui-même. Quand Noëlie se le rappelait, jeune et fringant, séduisant la plupart de ses amies, elle songeait que Marion avait sa part de responsabilité dans l'éloignement de leur frère. Elle avait influencé leur père et détruit l'harmonie de leur famille. Celle que Lucille et elle continuaient d'appeler « la veuve » était morte d'une mauvaise grippe à la fin du siècle, le même hiver que Catou. Noëlie frissonna, s'enveloppa plus étroitement dans son châle.

Catou lui manquait toujours autant, près de dix ans après sa disparition. Le jour de son enterrement, à L'Isle, suivant ses volontés, elle avait éprouvé la certitude de dire adieu à sa jeunesse. Catou avait été pour elle une mère de substitution autant qu'une sœur aînée. Dans ses affaires, Noëlie avait trouvé un pochon de tissu contenant des vêtements destinés à un bébé. Une brassière, de petits chaussons, une chemise en fil...

À qui pouvaient-ils appartenir ?

Elle avait alors réalisé qu'elle connaissait fort peu de chose de la « vie d'avant » de sa vieille amie. Presque rien, en fait. Égoïstement, lorsque Catou était arrivée chez eux à L'Isle, Noëlie, qui avait une huitaine d'années, n'avait pas cherché à savoir d'où elle venait.

Il était trop tard, désormais, avait-elle songé en pliant avec soin le pochon. Catou n'avait pas de bijoux ni d'objets personnels, à l'exception de la croix offerte par Noëlie pour ses cinquante ans.

Elle avait consacré toute sa vie à la famille Saurel et plus particulièrement à Noëlie.

En suivant le cortège à pied pour rendre un dernier hommage à sa compagne, Noëlie s'était laissé submerger par les souvenirs. Catou avait toujours été là pour elle, dans les bons comme dans les mauvais moments. Un roc, sur lequel elle s'était appuyée.

— Prends bien soin de toi, avait-elle recommandé à Noëlie avant de sombrer dans le coma.

Elle était enterrée en compagnie de la mère de Noëlie, Benoît Saurel ayant choisi une sépulture à part.

— Une vie…, murmura Noëlie.

Une vie de labeur qui n'avait pas dépassé les six kilomètres séparant Vaucluse de L'Isle. Une vie d'amour, aussi ; elle s'était toujours sentie protégée par l'affection bourrue de Catou. À qui, désormais, pouvait-elle se confier ? Certainement pas à son fils, la silhouette éthérée de Clélia s'interposait entre eux deux. Non, il lui restait Hortense, qui avait fait de son hostellerie l'une des plus cotées de Vaucluse. Trois personnes la secondaient mais elle allait toujours chercher rabasses, champignons et herbes dans les collines. Hortense partait tôt le matin s'approvisionner au marché de L'Isle et se faisait livrer café, thé, sucre et farine. On savait dans toute la région qu'elle cuisinait exclusivement des produits frais et servait chaque jour des truites et des écrevisses.

Noëlie aimait s'asseoir en terrasse devant une tasse de thé et suivait des yeux les allées et venues des touristes, toujours plus nombreux.

« Regardez ! avait-elle envie de leur dire, admirez notre vallée close... » Elle y avait été heureuse. À condition de faire abstraction de certaines personnes.

Son visage s'altéra. Elle ne s'était toujours pas décidée à effectuer des démarches difficiles. Il lui faudrait trouver le courage d'en discuter avec Elzéar mais elle n'y parvenait pas. Il lui était impossible de mettre fin seule à une situation qui perdurait depuis plus de soixante-quinze ans. Parfois, elle tentait de se trouver des excuses et se disait : « Ce n'est pas mon problème, je n'ai pas la moindre part de responsabilité dans cette affaire. » Pourtant, elle savait bien qu'elle se mentait à elle-même, et se traitait de lâche.

« Seigneur, laissez-moi un peu de temps..., pria-t-elle. Si François se mariait... S'il avait un fils... tout serait encore possible. »

Il s'était promis de rester insensible aux charmes de la gent féminine. Durant ses études, il avait papillonné, séduit, sans pour autant s'attacher. Il en allait de même depuis son installation à Salon. Le docteur François Viguier se devait d'être irréprochable. Il avait laissé pousser sa moustache, ce qui le vieillissait. Il s'était inscrit à un cercle d'études historiques, fréquentait des messieurs des plus respectables. Il s'était en quelque sorte corseté.

Pourtant, le jour où il aperçut la jeune femme à la chevelure blonde assise sur un pliant sur la terrasse de l'Empéri, il sut immédiatement que c'était elle. La femme qu'il attendait.

Elle s'appelait Georgina, avait à peine vingt ans. Fille d'un éminent professeur de faculté à la retraite, une seule passion l'habitait : le pastel.

Elle le lui confia d'un trait, comme s'ils se connaissaient depuis des lustres.

Il admira sans réserve la manière délicate dont elle représentait le château de l'Empéri. Elle lui montra ses doigts tachés de couleurs en s'esclaffant.

— C'est affreux, n'est-ce pas ? Mon père prétend qu'à cause de mes mains, je ne serai jamais conviée au bal de la préfecture.

Elle renversait légèrement la tête en arrière pour mieux rire, et François, fasciné, songeait qu'il serait merveilleux de boire la vie à ses lèvres pleines.

Quand elle rangea son matériel de peinture, il lui proposa de la reconduire chez elle dans son automobile. C'était une De Dion-Bouton à laquelle Georgina jeta un coup d'œil enthousiaste.

— J'accepte… à la condition que vous m'appreniez très vite à la conduire ! lança-t-elle.

Un mois après, ils se mariaient dans la salle de

l'hôtel de ville de Salon. Une cérémonie intime, en la seule présence du professeur Langlois et de deux témoins, le pharmacien et le boulanger. François n'avait pas prévenu les siens ; il redoutait des complications, des blessures ravivées... Son père ne manquerait pas de songer à Clélia. François tentait, peut-être maladroitement, de le protéger.

— Ma famille est un peu compliquée, avait-il dit à Georgina.

Elle avait souri :

— Nous formons une famille à présent, toi et moi.

Elle rayonnait dans sa robe de soie ivoire qui révélait la finesse de sa taille. Elle ne portait pas de voile sur ses cheveux blonds, seulement un bandeau orné d'une aigrette bleu-vert assortie à ses yeux. Chaque fois qu'il la contemplait, François se disait que le bonheur existait.

Le père de Georgina les emmena dans un restaurant réputé.

Ils firent à peine honneur aux pigeonneaux, aux noisettes d'agneau et à la charlotte à la russe. Leur train pour l'Italie s'arrêtait à seize heures en gare de Salon. Ils étaient si impatients que leurs regards s'embuaient. Ils prirent congé du père de Georgina, avant de décider finalement de partir en voiture vers Florence.

Ils étaient déjà follement heureux.

30

1909

Le mois de mai seyait particulièrement à Vaucluse. Le niveau de la résurgence avait baissé, la Sorgue coulait, paisible, claire, devant Le Moulin des Sources. Son carnet de croquis posé sur ses genoux, Georgina dessinait à grands traits la roue à aubes et la silhouette du moulin à papier en arrière-plan.

Elle repoussa son chapeau de paille, leva les yeux vers le soleil qui conférait une beauté romantique aux ruines du château.

— On est bien ici, murmura-t-elle comme pour elle-même.

Elle avait harcelé François durant plusieurs mois pour parvenir à rencontrer les membres de sa famille.

— J'ai brisé la tradition des papetiers, je suis devenu *persona non grata*, lui répétait-il invariablement.

C'était mal connaître l'obstination et la détermination de la jeune femme. Georgina avait souffert de grandir seule. Son père, passionné par ses travaux universitaires, s'était longtemps estimé incapable d'élever cette petite fille au regard trop pénétrant. Marguerite, la servante de sa femme décédée à vingt-cinq ans, en avait été chargée. Georgina se rendait aussi chaque semaine chez sa grand-mère maternelle, qui habitait non loin du château de l'Empéri. Sophie Echineaud, d'origine britannique, était excentrique et pleine d'humour. Elle avait décelé la première le don artistique de Georgina et lui avait trouvé un professeur de dessin. À la mort de Sophie, Georgina s'était sentie abandonnée.

C'était en souvenir de sa grand-mère qu'elle avait œuvré pour rapprocher François de sa famille.

Le jour où elle avait franchi le seuil de la bastide pour la première fois, elle avait été tentée de tourner les talons et de s'enfuir.

Comment allait-on la juger, elle qui avait accepté de se marier en l'absence des proches de François et qui s'était contentée d'un mariage civil ? L'accueil de Noëlie l'avait aussitôt rassurée. La grand-mère de François lui avait ouvert les bras :

— *Benvengudo*[1]*!* s'était-elle écriée.

Son père, s'il s'était montré plus réservé, paraissait lui aussi heureux de faire sa connaissance et, surtout,

1. Bienvenue.

de revoir son fils. Georgina était tombée sous le charme de la bastide et du Moulin des Sources.

— Ils ont une âme, avait-elle confié à François, qui ne lui avait pas répondu.

À Vaucluse, elle le trouvait tendu, sur la défensive. Pourtant, sa famille était chaleureuse, accueillante. Elle avait aussi rencontré Lucille, venue pour fêter les quatre-vingt-six ans de Noëlie, Hortense, qui « faisait quasiment partie de la famille », lui avait dit François d'un ton ambigu, et l'historien Jean-Rémy Monod, qui avait acheté une petite maison de village pour venir y passer sa retraite. Elle avait deviné l'attente et l'espérance de la grand-mère de François. Son mari et elle représentaient l'avenir.

Elle se leva et tendit la main à François.

— Ramène-moi au moulin, pria-t-elle. Ton père devait me montrer du papier spécial à dessin.

Le vieux moulin à papier constituait pour elle un lieu magique. Tout la fascinait, depuis le dérompoir jusqu'aux cuves. Les chiffons devenaient pâte à papier. Une transformation mystérieuse, qui lui parut brusquement très simple dès qu'Elzéar Viguier lui en eut expliqué les différentes étapes. Son beau-père lui présenta Jules, le formaire, un artisan spécialisé dans la réalisation des formes et notamment dans le tissage de la toile métallique.

— Vous êtes une Viguier, à présent. Je suis heureux de constater que vous vous intéressez à notre activité, lui dit-il.

Derrière elle, elle perçut le raidissement de François. Que redoutait-il ? Son père savait bien que la médecine était sa vocation.

Dans le grand bureau du papetier, une photographie intrigua Georgina. Elle représentait une jeune femme d'une beauté impressionnante qui contemplait la Sorgue bouillonnante à hauteur des déversoirs.

— Mon épouse, Clélia, déclara Elzéar d'une voix assourdie.

François lui ressemblait beaucoup. La jeune femme ne souriait pas au photographe. Elle semblait perdue dans quelque rêve intérieur. Georgina se détourna du cadre. La photographie suscitait en elle un indéfinissable sentiment de malaise.

Le père et le fils échangèrent un regard incertain. La tension entre eux était palpable. Le premier, François rompit les chiens.

— Je te laisse examiner les papiers, proposa-t-il à Georgina. Je vous attends chez Hortense.

Elle aima le moment qu'elle partagea avec son beau-père. Sa passion était communicative. Tous deux rejoignirent François à l'hostellerie bras dessus bras dessous.

— Je vous remercie de rendre mon fils heureux, lui dit Elzéar, gravement.

Elle lui sourit :

— Nous sommes tous les deux heureux.

« À condition, pensa-t-elle, de ne pas parler d'enfant… »

Son père, qui les invitait souvent au restaurant le dimanche, avait un jour de printemps osé demander :

— Quand penserez-vous à agrandir votre famille ?

La réponse brutale de François avait blessé Georgina :

— Je ne veux pas d'enfant.

Son visage fermé tout comme sa voix durcie décourageaient toute demande d'explication. Pourtant, Georgina s'y était risquée en fin de journée, alors qu'ils reprenaient la route de Lambesc, où ils étaient installés depuis six mois.

— Pourquoi te montrer aussi catégorique au sujet des enfants ? Pour ma part, j'ai envie d'un bébé qui te ressemble.

Il avait parlé alors, confié ce qui lui pesait sur le cœur depuis tant d'années et Georgina aurait souhaité pouvoir se boucher les oreilles, mais c'était bien sûr impossible. Elle avait posé la main sur son genou, l'engageant à poursuivre.

Il lui avait expliqué la maladie de sa mère, la souffrance de sa famille. Lui ne supportait pas les cris inarticulés, les gémissements et les crises de nerfs. Il avait longtemps espéré pouvoir la guérir. Par la suite, durant ses études de médecine, il s'était intéressé aux spécialistes que Clélia avait consultés, depuis le professeur Charcot jusqu'au docteur Blanche. Les témoignages qu'il avait lus l'avaient horrifié. La médecine psychiatrique balbutiait et les traitements étaient souvent barbares.

Après avoir longuement hésité, il avait fini par se rendre à Montdevergues, où Clélia résidait toujours. C'était une démarche personnelle qui lui avait beaucoup coûté. Son père y allait une fois par mois, fidèlement. Il en revenait le visage défait, le regard effrayé mais y retournait toujours.

Depuis qu'il avait revu sa mère dans le pavillon qu'elle occupait non loin de la chapelle, François estimait qu'il n'avait pas à juger la relation d'Elzéar et d'Hortense. Son père avait le droit de grappiller un peu de bonheur.

Clélia ne l'avait pas reconnu. Comment s'en étonner ? Du fond de sa nuit, elle était encore coquette, et avait tendu la main vers lui comme pour l'entraîner à l'intérieur du pavillon. François, anéanti, s'était enfui.

Il jeta un regard durci à Georgina :

— Comment pourrais-je risquer de transmettre le gène de la folie ? Car il ne faut pas se leurrer, ma chérie, ma mère est folle. Irrécupérable. C'est pour cette raison que je refuse de procréer.

Georgina ne dit rien. Elle savait qu'il était inutile de prendre François de front. Ils arrivaient à Lambesc, bâti sur un promontoire rocheux, entouré de collines, de chênes verts et de cyprès. Elle se plaisait dans la petite ville au passé historique prestigieux et s'activait dans leur maison sur trois niveaux du quartier de Castellas.

Elle avait réalisé une fresque en trompe-l'œil dans la salle à manger, et peint une frise au pochoir dans leur chambre qui ouvrait sur un jardin follet. Roses, pivoines et glycine y poussaient à profusion. Elle y était heureuse auprès de l'homme qu'elle aimait et ne désespérait pas de le faire changer d'avis au sujet d'un enfant.

Georgina pressa l'épaule de son père, assis à côté de François dans la De Dion-Bouton. Tous trois venaient de passer deux jours inoubliables à Arles, pour fêter le cinquantenaire de *Mireio*, le chef-d'œuvre de Mistral. Le poète de Maillane, lauréat du prix Nobel de littérature, « notre grand homme », comme l'appelait le professeur Langlois, avait inauguré le musée Arlaten dont il avait fait don à la ville.

Alcide Langlois, le père de Georgina, avait réservé depuis plus de six mois deux chambres à l'hôtel *Nord-Pinus*.

Georgina esquissa un sourire. François et elle s'étaient aimés avec tant de passion que, pour une fois, son mari avait omis de se protéger d'un condom. Elle était dans sa période fertile et était certaine d'être enceinte. Ce bébé, elle l'appelait de tous ses vœux et refusait de croire à la fatalité de l'hérédité.

La route, bordée de platanes, s'étirait vers Salon.

Georgina se souviendrait longtemps de la silhouette de Mistral, ovationné durant de longues minutes dans les arènes d'Arles. La plupart des femmes présentes portaient le costume traditionnel composé de l'eso noire, d'un corsage, de la jupe ajustée dévoilant les fines chevilles, de la chapelle drapée sur le buste, de l'élégante coiffe de moins en moins volumineuse qui faisait ressortir le profil pur des Arlésiennes.

Georgina, vêtue d'un tailleur indigo, étrennait ce jour-là un chapeau orné d'une plume d'autruche. Elle était particulièrement fière de François, beau à se damner dans son costume gris clair.

Ils déposèrent le professeur Langlois devant sa maison de Salon, reprirent la route de Lambesc. Georgina, de nouveau installée sur le siège avant, soupira d'aise en contemplant le ciel qui s'obscurcissait.

— Merci, mon chéri, souffla-t-elle. Je mène exactement la vie dont j'ai toujours rêvé.

Elle préparait une exposition pour l'été et travaillait à deux commandes de portraits. De son côté, François commençait à être fort demandé car il n'hésitait pas à se déplacer jusqu'à Saint-Cannat ou Rognes en cas d'urgence.

« C'est un médecin sur qui on peut compter », disait-on de lui. Georgina en était fière.

Ils s'arrêtèrent dans le quartier du Castellas devant leur maison aux fenêtres ourlées de glycine. L'air était doux et parfumé, le soir envoûtant.

— Tu as faim ? demanda François en ouvrant la porte.

Georgina fit « non » de la tête et noua les bras autour de son cou. La prenant dans ses bras, il gravit l'escalier quatre à quatre.

— Je t'aime, je t'aime, lui chuchota-t-il à l'oreille tout en l'aidant à ôter ses vêtements de voyage poussiéreux.

Le baiser passionné dont elle le gratifia constituait une réponse explicite. Ils basculèrent sur le lit.

31

1909

Chaque fois qu'il pénétrait à l'intérieur de la bastide, François éprouvait un curieux sentiment, mélange d'émotion et de rejet. La vieille demeure symbolisait ses racines familiales mais gardait, aussi, le souvenir effrayant des crises de Clélia.

Il avait répondu, pourtant, à l'appel pressant de son père. Grand-mère Noëlie était souffrante et elle n'avait confiance qu'en son petit-fils. Il avait pris la route de Vaucluse en fin d'après-midi après être passé chez lui pour se rafraîchir et prévenir Georgina.

Sa jeune femme se trouvait dans l'atelier aménagé au rez-de-jardin. Elle paraissait étonnamment juvénile avec ses cheveux attachés en queue-de-cheval et ses yeux brillants. Elle avait jeté un drap sur son chevalet.

— Je te prépare une surprise, lui avait-elle dit en se jetant à son cou.

Elle sentait bon *Jicky*, le parfum de Guerlain qu'il lui avait offert quelques semaines auparavant.

— Tu m'accompagnes ? lui avait-il proposé.

Elle avait secoué la tête.

— Je viendrai à Vaucluse quand grand-mère Noëlie ira mieux. Dimanche prochain, par exemple. Aujourd'hui, je termine ta surprise.

Elle sortit avec lui dans la rue, le salua de la main tandis qu'il actionnait la manivelle de sa De Dion-Bouton. La voiture démarra en pétaradant. Songeuse, Georgina attendit qu'elle ait disparu au bout de la rue pour regagner son atelier.

La journée de juin était encore chaude. Elle se sentait vaguement oppressée, une nouvelle crise de migraine menaçait. Elle fit le tour de leur jardin en respirant longuement, profondément. Les lauriers-roses, en pleine floraison, éclaboussaient la façade de leur rouge profond. Les belles-de-jour et les ipomées grimpaient à l'assaut de la tonnelle où il faisait si bon s'attarder lorsque le soleil déclinait. Elle hésita quelques instants, se demandant si elle n'allait pas venir s'y installer pour terminer le portrait en cours. Elle y renonça finalement, de crainte d'être distraite. Elle entra dans sa maison, passa sa blouse blanche sous le regard indéchiffrable d'Isis, sa chatte birmane. Elle avait l'intention de travailler jusqu'au retour de François.

À la bastide, Elzéar, Hortense et Augustine, la nouvelle femme de chambre, n'étaient pas trop de trois pour retenir Noëlie dans son fauteuil à oreillettes.

François réprima un sourire attendri en remarquant le visage animé de sa grand-mère.

— Quelle idée de t'avoir dérangé ! protesta-t-elle. Tout cela à cause d'un éblouissement...

— Vous êtes tout de même tombée de l'escabeau, corrigea Hortense.

— Ne me dites pas que vous astiquiez vos vitres, grand-mère ! glissa François.

Elzéar prit à son tour la parole :

— Ta grand-mère cherchait je ne sais quoi dans le bureau de mon père. Grâce à Dieu, elle a crié en tombant à la renverse. Nous l'avons trouvée inanimée sur le tapis.

Noëlie haussa les épaules.

— Inanimée... quelle exagération !

François sourit, cette fois ouvertement :

— En tout cas, vous ne me paraissez pas trop affectée.

Il procéda à une auscultation approfondie. Le cœur battait certes un peu rapidement, quoi de plus normal après cette chute, mais les réflexes étaient bons et la vieille dame avait toute sa tête. Même pas de bosse, constata-t-il, son épaisse chevelure ayant amorti le choc.

Par prudence, il lui recommanda toutefois de ne pas bouger de son fauteuil, puisqu'elle refusait de s'aliter, et de se contenter d'une légère collation.

Elle lui adressa un coup d'œil complice.

— Je serai très sage, promis !

Il se pencha, déposa un baiser sur la main tavelée de la vieille dame.

— Grand-mère, vous êtes bâtie pour devenir centenaire. N'en profitez pas, cependant, pour jouer les équilibristes !

Lui-même refusa de dîner à la bastide. Il avait hâte de retrouver Georgina.

Il but un verre de sirop d'orgeat, grappilla une poignée de cerises dans le compotier de la cuisine et s'en fut après avoir rassuré son père. Noëlie était solide, elle devait juste admettre l'idée qu'elle avait quatre-vingt-six ans et non plus trente ou quarante…

Il reprit la route alors que huit heures sonnaient au clocher de l'église.

La chaleur reculait doucement, la Sorgue procurait une fraîcheur bienvenue. Il imagina Georgina dans son atelier et appuya sur l'accélérateur. Il lui tardait de la serrer contre lui.

Les épaules douloureuses, Georgina recula de trois pas. En face d'elle, Clélia lui souriait. Lors de leur dernière visite à la bastide, grand-mère Noëlie avait bien voulu lui confier une photographie de sa bru. Georgina s'en était inspirée pour brosser un portrait. Curieusement, bien qu'elle ait insisté sur le sourire de son modèle, le résultat final montrait une jeune femme à la beauté irréelle, au regard empreint de mélancolie. Comme si Clélia avait eu quelque obscure prescience de son destin…

Georgina frissonna, malgré la chaleur. Sa surprise plairait-elle à François ? Elle ne savait plus, tout à coup.

Elle chercha des yeux Isis. La chatte avait disparu. Georgina se rappelait l'avoir entendue feuler, quelques minutes auparavant, comme si elle avait aperçu le molosse des voisins.

Un grondement lointain lui fit tendre l'oreille. Un orage ? Ce qui expliquerait peut-être sa migraine et le poids sur sa poitrine. Le bruit cessa très vite. La jeune femme se rapprocha de son chevalet. Soudain, elle entendit le même grondement sourd, amplifié cette fois, comme si des centaines de tambours se rapprochaient de sa maison. Un vacarme saisissant, inexplicable, s'accompagnant de craquements et de secousses intenses. Elle eut l'impression qu'une force invisible appuyait fortement sur ses épaules. Elle ouvrit la bouche pour crier. Tout l'atelier se mit à trembler, cette fois dans l'autre sens. La table sur laquelle étaient rangés ses gobelets et ses chiffons se renversa dans un fracas de tonnerre, les toiles achevées, le chevalet dansèrent une sarabande insensée tandis que la suspension en opaline tourbillonnait au plafond.

Tétanisée, submergée par une nausée, Georgina refusa de céder à la panique. Tout autour d'elle, les murs tremblaient, les grondements s'intensifiaient dans un fracas d'apocalypse. Il fallait sortir, quitter la maison.

Elle prit le temps de se pencher pour ramasser le portrait de Clélia. Elle ne vit pas la plus grosse poutre de l'atelier s'abattre sur elle à une vitesse sidérante. Elle eut juste le temps de penser : « Il faut que je vive. Pour François. Et pour le bébé. »

Son hurlement résonna dans tout le village.

Le jour n'en finissait plus. François avait l'impression de ne pas avancer. Le ciel, se teintant de rose et se moirant de gris, aurait certainement inspiré Georgina. Il admirait le talent de sa femme, lui qui était incapable de dessiner un chat. Il l'aimait, éperdument. Elle avait le pouvoir et le talent d'illuminer sa vie.

Il dut s'arrêter avant d'atteindre Salon. Des hommes, des femmes, hagards, effrayés, couraient sur la route. François leur demanda ce qui se passait.

— Un tremblement de terre, lui jeta un homme d'une quarantaine d'années, qui portait un enfant dans ses bras. C'est arrivé vers neuf heures et quart, une impression de fin du monde.

Une peur panique envahit François.

— Où ? questionna-t-il d'une voix brève.

Son interlocuteur désigna de la main le château de l'Empéri qui dominait Salon.

— En ville, rue d'Avignon, où je loge avec ma famille. Un fracas inimaginable, le bruit d'obus qui éclatent, je nous ai tous vus morts. Les maisons s'effondraient comme des châteaux de cartes.

— Je suis médecin, reprit François. Y a-t-il des blessés ou… des morts ?

L'homme soupira.

— Nous avons quitté Salon terrorisés, monsieur. Comment rester dans votre logis fissuré de partout ? Je sais simplement que notre maire a envoyé des cyclistes pour chercher des secours.

Le fils d'Elzéar inclina la tête.

— Bonne chance, murmura-t-il.

Il n'avait qu'une hâte, retrouver celle qu'il aimait.

Soucieux de ne pas entraver le travail des secouristes, François contourna Salon. Sur la route de Lambesc, il croisa d'autres réfugiés. Les enfants pleuraient, d'autres étaient plongés dans un état d'hébétude. Les témoignages évoquaient tous un grondement et des secousses infernales. François roula vite, très vite, le cœur étreint d'une horrible angoisse.

Il abandonna son automobile à l'entrée de Lambesc. Des gravats, des meubles, des pans de murs jonchaient le sol. Le village semblait pétrifié sous une chape de poussière et de désolation. Le clocher de Notre-Dame-de-l'Assomption était décapité. On avait allumé un feu sur la grand-place. L'horloge du Jacquemard, la tour carrée rythmant la vie de Lambesc depuis le XVIe siècle, était arrêtée à neuf heures seize, l'heure du drame.

François courut vers leur foyer en appelant Georgina. Il aperçut de loin le jardin. Les fleurs disparaissaient sous les décombres. La maison, éventrée, n'avait plus un seul mur intact. François eut l'impression que le sol vibrait de nouveau sous ses pas. Des voisins le rejoignirent. Ils se trouvaient au café *Nicolas*, sur la grand-place au moment du tremblement de terre et n'avaient que quelques égratignures.

La chatte vint se frotter contre la jambe de François. Un espoir fou le souleva. Si Isis avait été épargnée, Georgina était certainement saine et sauve.

Raymond, le voisin, lui tapota l'épaule.

— Docteur Viguier…, dit-il d'une drôle de voix.

Sous l'énorme poutre de l'atelier, François aperçut un morceau de blouse blanche, celle-là même que Georgina portait. Il se précipita, ne parvint pas à soulever le bastaing qui écrasait le corps de la jeune femme.

— Aidez-moi, pria-t-il, haletant.

Déjà, les voisins venaient lui prêter main-forte. François chercha le pouls de Georgina, tourna un regard vide vers Raymond.

— C'est trop tard, souffla-t-il.

Il hurla. Un cri inhumain, qui effraya Raymond et son frère Lucien.

Près du corps de sa femme, le portrait de Clélia souriait. Intact.

32

1909

La journée était lumineuse. Une journée de juin empreinte de douceur de vivre, qui aurait dû inciter à flâner ou à lire sous la treille durant les heures les plus chaudes.

Pourtant, une partie de la Provence, de Salon à Rognes, de Venelles à Pélissanne, se relevait lentement de la tragédie.

Partout, gendarmes et pompiers avaient cherché les disparus parmi les gravats et porté secours aux blessés. Des troupes du 7e régiment du génie d'Avignon avaient été envoyées en renfort. La préfecture des Bouches-du-Rhône avait expédié des tentes marabout, montées à la hâte pour héberger les rescapés.

Les villages offraient tous le même spectacle consternant. Maisons effondrées, lambeaux de murs encore debout dans un enchevêtrement de pierres, de tuiles et de cheminées, lézardes béantes, meubles éventrés, vestiges d'escalier mis à nu avec, parfois, incongrus, un piano intact ou une poupée de porcelaine, si dérisoires…

Les survivants, regroupés sous les tentes, avaient tous le même regard halluciné. Le tremblement de terre les avait tant marqués que nombre d'entre eux refusaient de regagner leur demeure, même si celle-ci avait été épargnée. On redoutait une réplique, un nouveau drame.

Les blessés avaient été évacués vers Aix. Malgré le temps superbe, Lambesc, comme Saint-Cannat, ou Rognes, sentait la mort et la peur.

Le 13 juin, on offrit des obsèques solennelles aux victimes de Lambesc. À quinze heures, sous un soleil écrasant, les personnalités se réunirent dans la cour de l'hôpital. Monseigneur Gonon, vicaire général d'Aix, donna l'absolution, assisté de l'archiprêtre Reynaud, et du curé de Lambesc. Le préfet des Bouches-du-Rhône, Georges Mastier, avait fait le déplacement, ainsi que le député, Camille Pelletan, deux conseillers généraux de canton et les maires des communes avoisinantes.

François, soutenu par Elzéar et Hortense, ne voyait rien d'autre que les quatorze cercueils alignés sur le trottoir de l'hôpital. Il crispa les poings.

Il avait pensé mourir, en découvrant le corps sans vie de Georgina. Il avait marché sans but dans la nuit tiède avant que le maire ne lui demande de réduire la fracture d'un blessé. Il s'était exécuté dans un état second. Ensuite, il avait continué. Les gestes étaient familiers et se faisaient machinaux.

Au petit matin, il était tombé d'un coup sur un

lit de camp, avait dormi deux heures pour se réveiller en proie à un horrible cauchemar. Mais c'était la réalité. Georgina, la femme qu'il aimait, était morte, stupidement, victime du terrible tremblement de terre qui avait endeuillé la Provence.

Le bilan au 12 juin était terrible. Les sauveteurs avaient dégagé des décombres de Lambesc quatorze cadavres, dont quatre enfants d'une même famille, à la ferme de Croigne. Les villages les plus fortement touchés comme Vernègues, Pélissanne, Rognes et Saint-Cannat totalisaient, avec Lambesc, quarante-six décès.

Les blessés, acheminés à Aix, racontaient d'une voix mal assurée le vacarme assourdissant, le bruit d'apocalypse.

D'autres, le visage crispé, le regard vide, ne parvenaient pas à mettre des mots sur l'inexprimable.

François regarda sans le voir le cortège ininterrompu de personnes qui s'étaient déplacées pour venir soutenir les habitants de Lambesc.

Son cœur était un champ de ruines. Des images des temps heureux se pressaient sous ses yeux. Le jour où il avait aperçu Georgina pour la première fois, sur la terrasse du château de l'Empéri. Un pique-nique, dans le massif du Concors, tout proche de la montagne Sainte-Victoire. Une nuit magique, sur les hauteurs de Florence, et la certitude que Georgina avait le pouvoir de le réconcilier avec l'idée même du bonheur. Son rire, ses cheveux couleur de miel, son corps qui s'accordait si bien au sien…

Un gémissement mourut sur les lèvres de François.

Elzéar accentua sa pression sur le bras de son fils. « Je connais ta douleur et je la partage », signifiait son geste.

François baissa la tête quelques instants, avant de la relever et de foudroyer du regard le député qui parlait de « deuil d'une cruauté rare ». Qu'en savait-il ? Ravagé, François se dégagea de l'étreinte de son père et, enfonçant son chapeau sur sa tête, remonta la foule à contresens. Les gens s'écartaient sur son passage en murmurant des phrases de compassion. François avançait comme un possédé, ivre de souffrance et de désespoir.

Elzéar et Hortense échangèrent un regard inquiet.

— Pourvu que…, murmura Elzéar sans parvenir à nommer ce qu'il redoutait.

Il avait peur pour son fils, peur qu'il ne perde la raison.

— Quelle injustice…, souffla Noëlie, abîmée en prières dans l'église Saint-Véran.

Son fils avait refusé de l'emmener à Lambesc :

— Maman, l'épreuve des obsèques, le trajet… mieux vaut rester à Vaucluse.

Elle s'était inclinée, bien qu'elle fût moins fragile qu'il ne le croyait. À quatre-vingt-six ans, elle avait gardé intactes ses capacités d'enthousiasme et de révolte.

Forcément, elle s'était posé des questions. Si François n'était pas venu la voir à Vaucluse, Georgina aurait-elle été sauvée ? La plupart des témoignages recueillis insistaient sur la soudaineté du séisme. Il n'y avait pas eu de signes avant-coureurs. « Le destin... », prétendait Elzéar, profondément abattu. Noëlie ne comprenait pas. Elle aurait dû disparaître depuis longtemps, en même temps que son Timothée. Elle aurait volontiers donné sa vie pour que celle de Georgina fût épargnée. À son âge, elle se sentait inutile, bien que Lucille s'évertuât à lui démontrer le contraire. « Ce drame horrible... Dieu juste ! » Elzéar s'était montré évasif mais sa mère s'était procuré *Le Petit Provençal* et *Le Petit Marseillais* et les déclarations des sinistrés qu'elle y avait lues l'avaient accablée. Elle ne pouvait tout simplement imaginer que Georgina, si pleine de vie, ait pu mourir en l'espace de quelques instants.

Elle se releva lentement de son prie-Dieu, trottina jusqu'à la statue de sainte Anne en bois polychrome devant laquelle elle alluma un cierge. Augustine, sa femme de chambre, l'attendait auprès du bénitier. Elle lui offrit son bras.

— Venez, madame Noëlie, il faut rentrer.

Elle insista pour faire un détour par le moulin. Comme souvent, le spectacle de la Sorgue, le bruit des piles la rassurèrent. Le moulin battait comme son cœur, il symbolisait leur famille, même si celle-ci venait de se briser. Les ouvriers ôtèrent leur casquette en la voyant passer. Autrefois, elle les connaissait tous par leur prénom. Ce n'étaient plus les mêmes, naturellement, elle appartenait à une époque antérieure, celle qui avait connu le vieux, Nicolas Viguier, son beau-père.

Noëlie, en s'appuyant à la rampe, grimpa jusqu'au bureau. Les trois générations de Viguier qui s'y étaient succédé l'accompagnaient, Nicolas, Timothée, Elzéar.

D'un pas décidé, elle s'avança vers le grand bureau, caressa du plat de la main le bois patiné. Elle saisit la photographie représentant Clélia et, posément, la déchira. Elle avait toujours pressenti, lui semblait-il, que la trop belle jeune femme apporterait le malheur à leur famille.

— Timothée… que dois-je faire ? questionna-t-elle à voix haute.

Son mari, son amour, n'avait pas eu le désir, ou le cran, de corriger une injustice. À moins qu'il n'ait toujours éprouvé un doute ?

À son tour, Noëlie ne cessait de s'interroger. Lorsqu'elle mourrait, il serait trop tard.

Elle ne pouvait pas oublier, cependant, ses affres de jeune femme désespérée de ne pouvoir donner la vie.

Elle soupira, se détourna du bureau. Elle aviserait au retour de son fils. Il lui semblait qu'elle avait encore un peu de temps, malgré ses quatre-vingt-six ans.

33

1914

Une délicieuse langueur retardait l'arrivée du crépuscule sur la terrasse de l'hostellerie de Vaucluse. Le niveau de la Sorgue, en cette fin juillet, avait baissé mais le chemin ombragé offrait un peu plus de fraîcheur que les rues de Carpentras.

Hortense apporta à Jean-Rémy son verre de grenache vieux de Mazan.

Elle sourit en le voyant plongé dans son manuscrit.

— Êtes-vous satisfait de votre travail, monsieur le professeur ? demanda-t-elle.

L'historien secoua la tête.

— Satisfait ? On ne l'est jamais ! J'essaie simplement d'apporter ma pierre à l'édifice.

— Vous êtes beaucoup trop modeste !

Jean-Rémy Monod était devenu un spécialiste reconnu de Pétrarque. On l'invitait en Italie, en Allemagne et en Grande-Bretagne pour donner des conférences qui attiraient un auditoire nombreux mais, le reste du temps, il restait fidèle à Vaucluse où il résidait toujours à l'auberge. Il n'avait pas fini de restaurer sa petite maison.

Célibataire endurci, il vivait à sa guise, au gré de ses passions. Une solide amitié le liait à Hortense et à Elzéar mais il avait une préférence avouée pour Noëlie. À quatre-vingt-onze ans, la vieille dame était considérée comme la mémoire de Vaucluse. Elle avait connu la monarchie, la IIe et la IIIe République tout comme le Second Empire. De quoi vous donner le vertige, affirmait Jean-Rémy. Il aimait venir bavarder à la bastide devant la cheminée. Noëlie racontait la vie de jadis, le marché flottant de L'Isle, les coutumes d'autrefois, comme les feux de la Saint-Jean ou la noyée des veillées.

Jean-Rémy prenait des notes :

— Madame Noëlie, vous mériteriez que je vous consacre un ouvrage, lui disait-il alors qu'elle rougissait de façon délicieuse.

Il était convaincu, cependant, qu'elle gardait quelques secrets par-devers elle. Le jour où il le lui avait dit, elle n'avait pas protesté, se contentant d'esquisser un sourire de sphinge. Oui, en vérité, Jean-Rémy attendait. Il attendait le jour où Noëlie se confierait à lui. C'était devenu entre eux comme un duel à fleurets mouchetés.

Hortense revint près de lui, déposant sur la table ronde une coupelle d'olives.

— Elzéar n'est pas encore passé ? s'enquit-elle.

Elle trouvait qu'il travaillait beaucoup trop au moulin mais comme il considérait qu'elle consacrait un temps excessif à son auberge, tous deux s'estimaient quittes.

Jean-Rémy fit « non » de la tête.

— Il doit être plongé dans ses comptes.

Hortense ne répondit pas. Elle aurait voulu qu'Elzéar, à soixante-quatre ans, prenne une retraite méritée mais elle était convaincue qu'il n'en ferait rien. L'homme qu'elle aimait était taraudé par l'idée d'avoir failli. François ne prendrait jamais sa succession au moulin et il y avait fort à craindre qu'il n'ait pas d'enfant.

Après la disparition tragique de sa jeune épouse, en juin 1909, dans ce tremblement de terre qui avait marqué toute la Provence, François s'était exilé en Algérie. Il écrivait peu, donnant de ses nouvelles par intermittence. S'il parlait de la vie à Alger, de la lumière, des immeubles haussmanniens lui rappelant Paris et de la beauté de la baie, il se livrait peu.

En filigrane, Elzéar et Hortense comprenaient que sa plaie était toujours béante. François ne mentionnait pas de rencontres, ni de sorties. Il semblait mener une vie ascétique, centrée sur son travail.

— Mon fils et moi n'avons pas eu de chance en amour, avait déclaré un soir Elzéar, et Hortense, profondément blessée, avait senti son cœur se déchirer.

Elle croyait pourtant avoir admis que, même si Elzéar éprouvait pour elle une infinie tendresse, il ne l'avait pas aimée comme il avait aimé Clélia, éperdument.

Elle avait appris à s'en contenter, en se détestant de réagir ainsi. Elle aurait souhaité, parfois, avoir la force de se détourner d'Elzéar mais l'un et l'autre savaient qu'elle en était incapable. Heureusement, elle avait l'hostellerie, ses deux épagneuls, son automobile, une folie, mais ô combien pratique pour faire son marché ou se rendre à Avignon quand il lui en prenait la fantaisie. Finalement, Hortense vivait la vie dont elle avait longtemps rêvé et n'avait de comptes à rendre à personne. Une liberté inimaginable cinquante ans auparavant.

Parce qu'elle ne pouvait s'en empêcher, elle jeta un coup d'œil sur le chemin menant au moulin à papier, se redressa en apercevant la silhouette d'Elzéar.

— Le voici enfin ! s'écria-t-elle, toute joyeuse.

Cependant, quelque chose n'allait pas, elle s'en rendit compte tout de suite en remarquant son pas alourdi, ses épaules affaissées. Elle s'élança à sa rencontre.

« Comme une amoureuse de dix-huit ans », songea Jean-Rémy, ému.

Hortense et Elzéar remontèrent vers l'hostellerie épaule contre épaule, avec la complicité des vieux couples qui devinent tout l'un de l'autre au premier coup d'œil échangé. Ils parlaient à mi-voix et, de son poste d'observation, Jean-Rémy pouvait suivre l'altération des traits de l'hôtelière. Elle fit asseoir d'autorité Elzéar aux côtés de l'historien.

— Je vais vous chercher du cognac. Ne bougez pas, surtout ! ajouta-t-elle d'un ton sans réplique.

Surpris, les deux serveurs l'entendirent jurer tandis qu'elle entrechoquait les bouteilles dans la cave à liqueurs.

— *Pestoulent si*[1]*!* s'exclama-t-elle, ajoutant quelque chose qu'ils ne comprirent pas.

Pendant ce temps, sur la terrasse, Jean-Rémy scrutait son ami qui tirait sur son nœud de cravate comme s'il cherchait de l'air.

— Puis-je vous être de quelque secours ?

Elzéar secoua la tête. Son visage était livide.

— Le téléphone... quelle calamité ! Il sonne toujours pour vous apprendre une catastrophe.

« François ? » s'alarma tout de suite Jean-Rémy, avant de se reprendre. Non, s'il s'était agi de François, Hortense serait venue lui en parler. Or, si François n'était pas en cause, c'était Clélia.

— Qu'est-il arrivé ?

De nouveau, le maître du moulin secoua la tête comme s'il avait désiré chasser une horrible vision.

Le retour d'Hortense le dispensa de répondre. Elle apportait sur un plateau trois verres à liqueur et une bouteille de cognac. Elle servit Elzéar le premier.

— Buvez-moi ça, cul sec ! lui enjoignit-elle avant de l'imiter.

Elle poussa la bouteille vers Jean-Rémy.

— Si le cœur vous en dit...

Il déclina son offre. Il était surtout intrigué.

1. Peste de malepeste !

— Elle était fort calme depuis deux jours, déclara alors Elzéar d'une voix monocorde. Il paraît que c'est assez fréquent lorsqu'ils ont décidé d'en finir. Comme elle avait déjà effectué plusieurs tentatives de suicide, elle n'avait rien dans son pavillon qu'elle pût utiliser contre elle. Pas de draps à son lit, pas de ciseaux ni de couteaux, rien… Il lui restait ses cheveux, une parure incroyable qui lui tombait jusqu'au bas des reins. Alors… – la voix d'Elzéar s'enroua – alors, Clélia a entrepris de s'étouffer avec ses cheveux. Méthodiquement, sans flancher. Seigneur ! Je ne peux même pas imaginer cela ! Elle était morte lorsqu'ils l'ont trouvée en début de matinée. Il n'y avait plus rien à faire.

Hortense, les yeux remplis de larmes, se contenait visiblement pour ne pas serrer Elzéar contre elle. Elle redoutait quelque rebuffade, un recul peut-être, qu'elle aurait mal supporté. Elle se borna à demander :

— Et François ? Comment lui dire ?

Elzéar leva vers elle un regard perdu.

— Je vais lui envoyer un télégramme, c'est la seule solution. De toute manière, je crains qu'il ne puisse être rentré à temps pour les obsèques de sa mère.

Il se servit à nouveau du cognac. Ses mains tremblaient.

— Elle était si belle, et si désespérée… Comme si l'idée même du bonheur lui avait été interdite. Quel gâchis !

Hortense tendit la main vers lui. Elle eut l'horrible impression qu'il ne la voyait pas. Pis, qu'elle n'existait plus pour lui. Jean-Rémy lui sourit, l'air de dire : « Ne vous formalisez pas », et elle crispa les lèvres sur le gémissement de révolte qui montait en elle. Elle ne voulait pas de la compassion de l'historien. Seulement l'amour d'Elzéar.

Il vida son verre de cognac et se leva.

— Je rentre chez moi. Dans cette maison où il ne reste plus que ma mère. Un vrai mausolée ! Non, ne vous dérangez pas, l'air du soir me fera du bien.

— Il l'aimait tant..., murmura Jean-Rémy comme pour lui chercher des excuses. Une mort si atroce... Bonté divine ! Je les ai aperçus tous les trois le jour où j'ai découvert Vaucluse pour la première fois. Clélia, Elzéar et le petit François... Elle marchait comme une reine mais son regard vide m'avait fait peur. Oui, en vérité, quel gâchis...

Un jour, il se le promettait, il raconterait le tragique destin de Clélia. Pour qu'il restât une trace de cette femme à la beauté tragique, qui ressemblait à Laure.

L'amour inaccessible.

Le navire voguait vers Marseille. Accoudé au bastingage, François suivait du regard le vol d'une mouette. Le câble de son père ne l'avait pas réellement surpris. Il y avait si longtemps qu'il attendait la mort de Clélia, afin de se libérer du remords qui lui pesait sur la poitrine. Il avait maudit sa mère le soir du tremblement de terre. Il avait pensé qu'elle l'avait prédestiné au malheur.

Après l'enterrement de Georgina, il avait cherché à comprendre. Pourquoi le séisme avait-il frappé à cet endroit précis ? Il avait emporté tous les journaux, du *Petit Provençal* en passant par *Le Petit Marseillais* pour tenter d'en savoir un peu plus. C'était pour lui une question de survie. Le professeur Langlois, accablé, lui avait recommandé :

— Vivez, mon garçon, pour l'amour de Georgina. Elle n'aurait pas supporté de vous voir sombrer.

Il s'était accroché. Avant d'accepter, comme on se sauve, ce poste de médecin à Alger. Une fois arrivé de l'autre côté de la Méditerranée, il avait continué à se documenter. D'autres séismes avaient fait la une des journaux depuis la fin du XIXe siècle. L'Andalousie en 1884, San Francisco en 1906, Messine en 1908.

Pourquoi Lambesc, Rognes, Saint-Cannat, Venelles et Pélissanne ? Pourquoi Georgina, son amour ?

Il avait lu, désespérément, tentant de trouver une réponse à ses questions. La tragédie aurait-elle pu être évitée ? On disait qu'il y avait eu plusieurs signes prémonitoires, auxquels on n'avait pas vraiment porté attention. Ainsi, deux heures avant le tremblement de terre, des chevaux énervés hennissaient et frappaient le sol de leur écurie. Des poules inquiètes n'avaient pas regagné leur perchoir.

Des secousses avaient été ressenties à Puy-Sainte-Réparade dès le 25 mars. On chuchotait aussi qu'on n'aurait jamais dû détruire la chapelle des Pénitents-Gris de Lambesc. S'agissait-il vraiment d'un hasard si le séisme était survenu quelques jours après le déblaiement des derniers décombres du chantier ?

Tout ce que François avait appris n'avait pu le réconforter. Il butait sur cette réalité dramatique. Georgina était morte et la vie avait perdu son sens.

Il crispa la main sur le second télégramme qu'il avait reçu de France. Il provenait d'Hortense. Elle avait écrit : « *Reviens pour l'amour de ton père* », et il avait compris que l'heure du retour avait sonné.

Même s'il se demandait encore comment faire comprendre à Elzéar qu'il n'avait pas la moindre intention de prendre sa suite à la tête du Moulin des Sources.

34

1914

Il n'aurait pas dû revenir à Lambesc. Pourtant, il n'avait pu s'en empêcher. À peine débarqué à Marseille, son sac et sa trousse à la main, il avait acheté une voiture dans un garage Renault et pris la direction de Cavaillon. Le paysage était familier, rassurant.

Cependant, son cœur avait manqué un battement en remontant la route d'Aix. Plus de cinq ans après la tragédie, Lambesc s'était profondément modifié. On avait dû raser de nombreuses maisons des quartiers les plus anciens. L'église n'avait pas retrouvé son aspect initial. François savait par la lecture des journaux locaux reçus en Algérie qu'il avait fallu quarante-cinq kilos de dynamite pour démolir le clocher endommagé par le tremblement de terre. Après une telle charge, le dôme et la partie haute de Notre-Dame-de-l'Assomption, non protégés, avaient été abîmés. L'hôtel de ville avait été lui aussi transformé.

Ce n'était plus tout à fait Lambesc, et François ne s'aventura pas dans leur quartier. Il ne l'aurait pas supporté.

En revanche, il s'attarda longuement au cimetière. Il avait acheté des roses blanches, les préférées de Georgina.

Sa tombe était fleurie, comme celles des treize autres victimes du séisme. Un monument qui leur était dédié avait été érigé dans le cimetière de Lambesc.

François sentait toujours la colère et l'incompréhension gronder en lui. Pourquoi sa femme, son amour ? Pourquoi quatre des cinq enfants Philip, frappés dans leur lit ? Il butait toujours sur cette question.

Une vieille femme le salua alors qu'il s'en allait. Il sentit son regard peser sur lui, comme si elle cherchait dans sa mémoire à retrouver son nom, et il pressa le pas. Il n'avait pas envie de parler, ni de répondre à des questions. On l'attendait à la bastide, même s'il n'était pas certain d'y avoir sa place.

Désormais, il était condamné à errer sans but.

Le père et le fils marchaient le long du mur de la Peste, édifié près de deux siècles auparavant sur l'ordre du vice-légat du pape afin d'empêcher l'épidémie de peste de 1720 de se propager dans le Comtat Venaissin.

La muraille de pierres sèches allait de Monieux, au nord, jusqu'aux Taillades sur les rives de la Durance et était désormais en grande partie effondrée, ensevelie sous les broussailles. Diane et Achille, les épagneuls d'Hortense, les accompagnaient.

Les deux hommes s'arrêtèrent sur un promontoire qui dominait la Sorgue. Elzéar se racla la gorge.

— Toute ma vie s'est déroulée au fond de la vallée close, remarqua-t-il d'une voix que l'émotion enrouait. C'était pour moi comme réaliser le rêve de Pétrarque. Je crois que nous sommes beaucoup trop romanesques dans cette famille ! Finalement, ceux qui doutent de l'existence de Laure ont peut-être raison. Une chimère, une utopie, au même titre que l'amour fou…

Pour la première fois, le maître du moulin laissait entrevoir à son fils ce qu'avait dû être son existence.

Pudiquement, presque à regret, François posa la main sur le bras d'Elzéar :

— J'ai des souvenirs très nets mais peu nombreux. Elle… elle m'effrayait, parfois.

Elzéar lui sourit tristement.

— Cela se comprend. C'est pour cette raison, aussi, que j'ai écouté le docteur Bastel qui nous a conseillé de l'emmener en consultation à la Salpêtrière. Je voyais bien que Clélia n'était pas dans son état normal, mais j'avais tellement peur de mal faire ! Tu vois, mon fils, le jour de ses obsèques, j'ai pensé que le plus terrible pour moi était de ne pas avoir connu la vraie Clélia. Celle qu'elle avait dû être, *avant*.

François soutint le regard de son père :

— Avant quoi, exactement ? J'ai toujours eu le sentiment de me heurter à un secret de famille, si terrible qu'il ne fallait surtout pas chercher à en savoir plus…

Elzéar soupira.

— C'était le secret de ta maman. Elle ne l'a évoqué qu'avec ta grand-mère. Elle ne m'en a jamais parlé mais… nous n'étions pas très proches, elle et moi. Même pas des amis. Moi, je l'aimais. Elle… elle se battait pour survivre. Dans ces conditions, les dés étaient pipés d'avance.

François ne répondit pas tout de suite. Deux rides profondes encadraient sa bouche. Elzéar aurait voulu le serrer contre lui et lui dire : « Bats-toi, mon fils ! Tu as à peine trente-cinq ans, ta vie n'est pas finie ! » mais il ne s'en sentait pas le droit. La disparition tragique de Georgina, cinq ans auparavant, avait profondément atteint le maître du moulin. La mort de Clélia, tout aussi atroce, l'avait terrassé. Au fond de lui, il avait continué à espérer qu'un jour, Clélia retrouverait la raison.

Diane, la chienne qui ouvrait le chemin, se mit à l'arrêt. François retint son père.

— Qu'a-t-elle donc levé ?

Il appréciait plus qu'il n'aurait su le dire cette promenade impromptue décidée au petit matin, les parfums de la garrigue, et cette proximité avec Elzéar.

Diane grogna sans pour autant bouger. Elzéar donna une bourrade à son fils :

— Regarde !

Une laie suivie de cinq marcassins traversait tranquillement le chemin. François attrapa la chienne par son collier alors qu'elle allait s'élancer.

— Doucement, ma belle ! Nous ne sommes pas armés.

Ils étaient sous le vent. Imperturbables, les sangliers poursuivirent leur route vers Lagnes. Elzéar esquissa un sourire.

— La vie est là, qui nous pousse en avant. Petit… envisages-tu un jour…

François ne le laissa pas terminer sa phrase :

— Non, père. Je vous ai déjà demandé de ne pas vous bercer d'illusions. Je suis médecin. Rien d'autre. Ne le prenez surtout pas en mauvaise part. C'est une question d'affinités avec un métier.

— Je sais bien, acquiesça son père à regret. Mets-toi à ma place… j'ai si longtemps espéré…

— Mais ce ne serait pas juste vis-à-vis de ma véritable vocation !

— Je ne t'ennuierai plus avec le moulin, déclara brusquement Elzéar. Il faut juste que je me fasse à cette idée.

Hortense et Jean-Rémy le lui répétaient depuis des années. Il devait admettre le choix de François, et sauver ce qui pouvait l'être encore. En maintenant le moulin vaille que vaille. Pour qui au juste ? Il n'en avait pas la moindre idée.

— Rentrons, décida François.

L'heure des confidences était passée. Le père et le fils reprirent le chemin de Vaucluse dans un silence lourd de non-dits. Elzéar se reprochait déjà d'avoir parlé. François s'efforçait de se convaincre qu'il avait le droit de vivre sa vie sans se sentir coupable. Ils étaient l'un et l'autre mécontents d'eux-mêmes. Et tristes, infiniment.

Le tocsin les fit sursauter alors qu'ils entraient dans Vaucluse. Ils se regardèrent.

— Ça y est, murmura François d'une voix indéfinissable tandis que son père s'affolait déjà :

— Tu vas partir ?

Comment Elzéar aurait-il pu comprendre que François appelait la guerre de tous ses vœux ? Ce serait pour lui, enfin, une façon de se rendre utile, d'oublier même, peut-être, sa vie gâchée. En même temps, il observait le visage vieilli, la silhouette voûtée de son père, et avait peur pour lui. Hortense avait eu raison de l'appeler. Elzéar n'avait pas supporté la disparition de Clélia.

François sourit tristement à son père :

— La guerre était inévitable. Nous sommes à l'abri dans notre vallée close mais le monde connaît de tels bouleversements. Et tant de haine… J'ai côtoyé de nombreux Alsaciens et Lorrains en Algérie. Ils n'ont jamais accepté d'avoir été chassés de leur région, de perdre leurs racines. Depuis l'attentat de Sarajevo, je me prépare à cette idée. L'engrenage était fatal à cause du jeu des alliances.

Elzéar soupira :

— Tu dois tenir de ton arrière-grand-père Nicolas. La politique le passionnait, m'a-t-on souvent raconté. Moi… ma vie est ici, entre le moulin, l'hostellerie et la bastide. Je n'ai jamais cherché à quitter Vaucluse. C'est mon pays.

— Je vous admire, père, souffla François.

Depuis la mort de Georgina, il avait le sentiment d'être un apatride.

35

1917

Avancer, toujours, sous la mitraille, dans un déluge de feu, dans la boue, la sueur, la crasse et le sang. Avancer, parce que les blessés avaient besoin de lui. François s'essuya le front d'un revers de la main.

— Votre casque, docteur, lui rappela Jean-René, l'un des ambulanciers.

François réprima un soupir excédé. Il ne se souciait pas de sa protection alors qu'autour de lui, les hommes vivaient l'enfer. Il s'efforçait de parer au plus pressé, de réparer les corps meurtris, dans des conditions souvent épouvantables.

Dans les tranchées depuis près de trois ans, il avait peu à peu dépassé sa propre souffrance morale. Chaque jour, les Poilus devaient se battre pied à pied pour survivre. Ordres inhumains, froid, rats, gangrène, crises de folie faisaient partie du quotidien.

François avait à plusieurs reprises secouru des hommes, plus ou moins jeunes, pris de panique au moment de l'attaque. Il s'était insurgé contre les chefs qui, souhaitant faire des exemples, condamnaient au peloton d'exécution de supposés déserteurs qui avaient simplement un jour de retard à leur retour de permission.

Il aurait voulu les sauver tous, ces hommes mûrs ou ces gamins, qui arrivaient le bras ou la jambe arrachés. Il opérait au fond d'une tranchée, à la lueur d'une lampe à acétylène que Beaumanoir, son assistant, tenait d'une main mal assurée. Il fallait faire vite, amputer haut pour tenter d'éviter l'infection.

Surtout, ne pas réfléchir, ne pas se poser de questions, sous peine de devenir fou. La souffrance, le désespoir étaient nus. Palpables.

Face à cette misère humaine, François avait accompli une véritable catharsis. Il n'était pas le seul à avoir perdu ce qu'il avait de plus cher, à voir son couple détruit. Le pays tout entier était plongé dans le chaos. Georgina elle-même paraissait s'éloigner, dans les lambeaux déchirés de sa mémoire. Il s'y refusait, sans parvenir pour autant à se rappeler ses traits. Trop de bruit, trop de morts...

— Attention ! hurla Beaumanoir.

L'éclat d'obus se ficha dans le front de François.

Le parfum du lilas, délicieusement poudré, se mêlait à celui, plus discret, de la glycine. Noëlie les huma d'un air gourmand.

— Augustine, vous voulez bien m'emmener sous la tonnelle ?

Était-elle heureuse ? se demanda la vieille femme tandis que sa dame de compagnie poussait son fauteuil roulant dans les allées du parc. Certes, rien n'était plus pareil depuis la mort de Timothée et de Georgina, et elle supportait mal d'être dépendante de cet engin barbare à la suite de sa fracture du col du fémur mais elle jouissait encore du plaisir des yeux, de celui du goût et de l'odorat. Lire un bon livre devant la cheminée, tout en savourant quelques douceurs, était un bonheur qu'elle s'accordait volontiers. Tout comme les dîners du dimanche soir à l'hostellerie. On restait entre soi. Hortense confectionnait une grosse omelette aux truffes. C'était divin.

Dommage que les convives fussent de moins en moins nombreux !

— La guerre, disait Jean-Rémy d'un ton désabusé.

L'Isle comme Vaucluse avaient payé un lourd tribut. Des hommes jeunes, dans la fleur de l'âge, partis avec la certitude de rentrer au pays avant la fin de l'année 1914...

Cela faisait déjà trois ans que les femmes, les enfants et les vieillards avaient pris en charge l'économie du pays. Les femmes s'attelaient pour remplacer les chevaux réquisitionnés, taillaient les oliviers, cueillaient les fruits, les gosses gardaient les troupeaux, aidaient aux champs alors que les plus âgés surveillaient la soupe et les nourrissons.

Une nouvelle répartition des tâches bousculait tous les modèles en vigueur depuis des siècles.

À quatre-vingt-quatorze ans, Noëlie se demandait de plus en plus souvent pour quelle obscure raison elle était toujours de ce monde. Désireuse de chasser des pensées dérangeantes, elle ferma les yeux durant quelques instants. Elle avait encore rêvé de son beau-père au cours de la nuit précédente. Ces rêves récurrents la laissaient mal à l'aise, le cœur battant la chamade.

À chaque fois, elle s'interrogeait. Que devait-elle faire ? La course échevelée des nuages dans le ciel la trouvait perplexe.

Quand Augustine, se penchant vers elle, lui annonça la visite de Jean-Rémy, elle *sut* qu'elle ne pouvait plus attendre. Il était temps d'agir. Grand temps…

Chaque fois qu'il ouvrait les yeux, François apercevait un vitrail représentant saint Michel terrassant le dragon. Où se trouvait-il donc ? Dans une chapelle désaffectée ? Il n'entendait plus le bruit du canon mais des plaintes, des gémissements et même des cris. Un hôpital de campagne, assurément, aménagé, comme tant d'autres, dans quelque château ou demeure bourgeoise. Il en avait tant fréquenté, au cours des derniers mois. Du bon côté de la table, quand il sciait, amputait, à longueur de journée et que Beaumanoir épongeait le sang.

Une douleur aiguë lui vrilla le front. Il y porta la main, sentit un pansement plutôt épais.

— N'y touchez pas, lui recommanda une voix de femme empreinte de douceur.

C'eût été bien mal le connaître que de l'imaginer obéissant à cette injonction !

— Je suis médecin, fit François, comme si cela pouvait impressionner son infirmière.

Il ne voyait d'elle qu'un visage à l'ovale parfait, des yeux couleur noisette et une bouche aux lèvres charnues. Le voile blanc lui seyait particulièrement.

— Ici, vous êtes un patient, corrigea-t-elle.

Il voulut se tourner sur le côté, poussa un cri de douleur.

— Vous voyez, insista-t-elle. Vous n'êtes pas en état de vous débrouiller seul. Écoutez plutôt mes conseils.

Il imaginait fort bien à quoi elle devait ressembler dans le civil : un bas-bleu infatué de lui-même. Tout à fait le genre d'attitude qu'il ne supportait pas chez une femme…

Elle sourit comme si elle avait le pouvoir de deviner ses pensées.

— Oui, je suis peu charitable et j'aime à ce qu'on m'écoute. C'est pour la bonne marche de cet hôpital.

Elle fit demi-tour, avant de revenir vers lui quelques instants plus tard :

— Vous vous trouvez près de Fismes, à la limite de la Marne et de l'Aisne. Avez-vous quelqu'un à prévenir ?

Elle l'exaspérait tant qu'il faillit répondre : « Personne. » Mais il ne pouvait infliger ce tourment à Elzéar. Aussi indiqua-t-il :

— Mon père, dans le Vaucluse.

Elle inclina la tête.

— Si vous voulez me donner ses coordonnées, je lui écrirai dès ce soir. On ne fait pas attendre un père.

Il crispa les mains sur le drap de métis rêche. Il l'aurait volontiers assommée. Il croisa son regard soudain aigu et comprit qu'elle le provoquait pour lui donner envie de se battre. Il se laissa retomber sur ses oreillers.

— Faites comme bon vous semble, déclara-t-il froidement.

Elle avait réussi à piquer sa curiosité.

Et il attendait déjà de la revoir.

36

1918

Edmond Arnoux trouva la lettre sur le manteau de la cheminée en rentrant chez lui, à Velleron, après quatre ans de guerre. Il avait été blessé en septembre 1918, à Sommepy.

Hospitalisé non loin de Paris, il avait été démobilisé pour deux mois de convalescence.

Tout au long du voyage de retour en train, il avait eu l'étrange impression de ne plus rien connaître de la vie de l'arrière. « La vraie vie », comme ils disaient entre copains de galère.

Il avait éprouvé un coup au cœur en reconnaissant le moulin de Crillon où l'on triturait, tamisait et emballait des ocres.

Il avait toujours vécu à Velleron. Fils unique de Colin, plâtrier de son état, et d'Albine, Edmond, né à la fin des années 1880, avait tout naturellement appris le métier de son père.

La Parisienne, située à Velleron, était la première fabrique de plâtre de la région. Colin avait souvent raconté à son fils que son propriétaire, La Boissière, avait engagé, vers 1840, un certain Théodore Poulet comme adjoint. Celui-ci, ingénieur des Arts et Métiers, avait doté l'entreprise d'innovations importantes comme des appareils de broyage et de blutage qu'il avait inventés.

Grâce à son travail acharné, Colin avait réussi à acheter ses propres fours à plâtre. C'était un homme renfermé et taciturne, dont le caractère contrastait avec celui de son épouse, particulièrement volubile. Il s'était marié sur le tard, ayant choisi de faire d'abord carrière.

— J'avais ma revanche à prendre, avait-il dit un jour à Edmond, sans se confier plus avant.

Edmond n'avait jamais osé l'interroger. Son père lui en imposait avec sa haute taille et ses cheveux prématurément blanchis. On ne connaissait à Colin aucune famille, à l'exception d'une vieille femme qui continuait à se louer pour la bugade malgré son dos cassé. En grandissant, Edmond avait fini par comprendre qu'il s'agissait de son aïeule. Celle-ci venait rarement à Velleron et Colin ne l'appelait pas « mère ». Lorsqu'il parlait d'elle, il disait « la Jeanne » d'un ton indéfinissable.

Edmond s'était longtemps demandé s'il la méprisait ou bien s'il l'aimait tant qu'il cherchait à le dissimuler. Il n'avait jamais su qui était son grand-père.

Jeanne était morte en 1903. Colin ne lui avait survécu que trois ans. Il était parti en l'espace d'une nuit, d'une angine de poitrine, sans pouvoir parler à son fils. Au fond de lui, Edmond lui en avait voulu.

Resté seul avec sa mère, Albine, et les rêves de son père à réaliser, Edmond avait trimé jusqu'à ce que la guerre l'obligeât à fermer l'usine. « Il était plus que temps de remettre la fabrique en marche », se dit-il, tout en tournant et retournant l'enveloppe en tous sens. Albine, qui s'était jetée dans ses bras à son arrivée, le guettait du coin de l'œil.

— Elle est arrivée il y a bien six mois. Ça m'a fait bien du souci mais je ne pouvais pas l'ouvrir, pas vrai ?

Cette lettre inspirait de la crainte à Edmond. Il déchira l'enveloppe d'un coup sec, découvrit une simple carte, au nom de Jean-Rémy Monod, professeur agrégé d'histoire.

« J'aimerais vous rencontrer pour affaire importante vous concernant », avait écrit l'historien.

Suivait une adresse, à Vaucluse.

Plus tard, lorsqu'il eut pris un bain – un luxe, cette salle de bains, que son père avait fait aménager en 1901, pour fêter le XXe siècle –, se fut rasé et changé, il tenta d'en savoir plus et interrogea Albine. Qui connaissait-elle à Vaucluse ?

Il comprit que l'affaire était certainement grave en remarquant le trouble de sa mère.

— C'est de l'histoire ancienne, marmonna-t-elle en lui servant un bol de soupe, sans vouloir se confier plus avant.

Il avait hâte, tout à coup, de faire la connaissance de ce Jean-Rémy Monod.

— Ne vous énervez pas, maman, je vous en conjure, recommanda Elzéar en tapotant la main de Noëlie.

Elle avait désiré ce qui arrivait. Depuis plus de soixante-quinze ans, elle cherchait comment racheter la faute de Timothée.

Faute ? ou bien lâcheté ?

Elle n'avait jamais su si, jusqu'à la fin, il avait douté de sa paternité ou bien s'il avait refusé de revenir en arrière, de reconnaître qu'il s'était trompé.

Cette question demeurait pour elle une énigme et, malgré son grand âge, Noëlie éprouvait encore de la jalousie.

L'esquisse d'un sourire creusa une fossette dans sa joue ridée lorsqu'elle vit s'approcher d'elle ce grand et bel homme qui ressemblait à son Timothée. Il avait sa haute taille, son visage aux traits nets et ses yeux verts.

Noëlie lui tendit une main frêle :

— Bienvenue à la bastide, monsieur Arnoux, lui dit-elle.

Sa voix ne tremblait pas. Dans sa tête, résonnaient les phrases écrites par son beau-père :

« Je te supplie de te conduire en homme d'honneur. Si tu penses que le fils de la Jeanne peut être ton enfant, n'oublie pas de faire ton devoir vis-à-vis de lui. Je te fais confiance. »

Elle était devenue une pauvre vieille chose ratatinée sur le fauteuil à bras de Nicolas Viguier mais elle avait conservé toute sa tête. Et pouvait encore réparer une injustice vieille de plus de quatre-vingts ans.

Il était temps. Grand temps…

37

1928

Le soleil brillait dans un ciel pur. Pas un souffle de vent n'agitait les branches des arbres. Le bruit familier de la Sorgue s'accentuait au fur et à mesure que l'on se rapprochait du Moulin des Sources. Violette pressa le pas en tirant légèrement sa fille par la main. Lou, âgée de cinq ans, protesta :

— Nous ne sommes pas vraiment en retard ! Oncle Edmond n'est pas encore arrivé.

— Oncle Edmond doit être au moulin depuis belle lurette, répondit Violette. Regarde ! J'aperçois papa au pied de la roue. Il nous fait de grands signes.

Chaque fois qu'elle retrouvait François, son mari, la jeune femme sentait son cœur s'emballer. Elle l'avait aimé dès leur première rencontre, dans cet hôpital improvisé de l'Aisne. Elle avait aussitôt deviné qu'il avait besoin d'être piqué au vif pour ne pas sombrer.

Lentement, l'infirmière avait apprivoisé le grand blessé. Au point de l'accompagner lorsqu'il était retourné chez lui. Ils s'étaient mariés à Vaucluse, et installés à L'Isle-sur-la-Sorgue. François ne lui avait rien caché de sa première union et de son amour pour Georgina. Violette lui avait affirmé qu'elle comprenait. En acceptant de l'épouser, elle savait qu'ils traverseraient des moments difficiles. Morte à vingt et un ans, dans d'atroces conditions, Georgina était forcément idéalisée. Quand Violette voyait le regard de François se perdre dans le vague, elle pressentait qu'il pensait à Georgina. Elle se faisait alors discrète, même si son cœur saignait.

« Je suis là, moi ! Aime-moi ! », avait-elle envie de lui crier.

Au lieu de quoi, elle parlait avec lui de politique ou des suffragettes, ce qui lui permettait de se reprendre. François passait la main devant ses yeux :

— Excuse-moi, soufflait-il et elle se moquait de lui.

— Serait-ce déjà une conséquence de ton âge avancé ? Tu perds la mémoire ?

Ils constituaient « une bonne équipe », de l'aveu même de François. Violette rêvait de grandes déclarations d'amour et d'escapades romantiques. Elle avait dû y renoncer.

— Si je t'ai épousée, c'est bien la preuve que je t'aime ! À quoi bon le répéter cent fois par jour ? lui avait-il fait remarquer.

La naissance de Lou les avait rapprochés. Leur petite fille, vive et gaie, ressemblait beaucoup à Noëlie, la grand-mère de son époux, que Violette n'avait pas connue.

— Un vrai feu follet, affirmait Elzéar.

À soixante-dix-huit ans, le père de François avait retrouvé une nouvelle jeunesse. Celui-ci estimait qu'il avait repris goût à la vie le jour où Jean-Rémy avait franchi le seuil du moulin en compagnie d'Edmond, le fils de son demi-frère, Colin. Le plâtrier s'était tout de suite senti à l'aise au Moulin des Sources. Fasciné par les différentes opérations, il s'était intéressé aussi bien à l'arbre à cames, la poutre cylindrique de six mètres de long qui actionnait les maillets en tournant sur elle-même qu'au dérompoir ou aux formes des ouvreurs.

Edmond avait posé des questions judicieuses. Il désirait tout savoir. Grâce au moulin, à son atmosphère si particulière, la rencontre entre Elzéar et Edmond s'était faite tout naturellement. Les premiers instants de gêne vite dissipés, les deux hommes avaient parlé technique et savoir-faire.

— Comme s'ils s'étaient toujours connus, avait raconté par la suite Jean-Rémy à Hortense. L'hôtelière, bouleversée, s'était essuyé les yeux.

— Je suis si heureuse pour Elzéar, si vous saviez..., avait-elle murmuré.

Ces retrouvailles tardives avaient tenu leurs promesses. En un peu moins de dix ans, Edmond était devenu un papetier accompli.

— Il a le métier dans le sang, confiait parfois Elzéar à Hortense avec une pointe de fierté dans la voix.

Il s'était interdit de porter un jugement sur son père. Sa mère avait réparé une vieille injustice, n'était-ce pas le plus important ?

Jeanne, son fils Colin, Timothée étaient morts depuis longtemps comme Noëlie, qui s'était éteinte, le cœur en paix, peu de temps après avoir eu cet entretien déterminant avec Jean-Rémy. Tout Vaucluse et une partie de L'Isle s'étaient déplacés pour ses obsèques.

— Je crois pouvoir dire que ma mère a eu une longue et belle vie, avait déclaré Elzéar, la voix étranglée par l'émotion.

La sœur de Noëlie, Lucille, était venue de Marseille. À quatre-vingt-trois ans, elle portait encore beau mais, ce jour-là, elle paraissait son âge. La cérémonie, empreinte d'émotion et de gravité, avait pris une résonance particulière, chacun mesurant qu'avec la mort de Noëlie, c'était tout un pan de l'histoire de Vaucluse qui prenait fin.

Lou échappa à sa mère et courut dans la salle des piles. Elle se planta devant Elzéar, son grand-père, et Edmond.

— Vous m'apprendrez ? lança-t-elle de sa voix la plus enjôleuse.

Il y eut un silence. Le fils et le petit-fils de Timothée se regardèrent.

— T'apprendre ? répéta Elzéar d'une voix hésitante.

Il se pencha pour donner la main à Lou.

— Bien sûr, ma petite chérie, nous t'apprendrons le plus beau métier du monde, que notre famille pratique depuis deux siècles. En attendant que tu grandisses un peu, viens avec nous assister à l'inauguration du musée Pétrarque. Il y a six cent un ans, Francesco Pétrarque a rencontré la belle Laure et Vaucluse en a gardé précieusement le souvenir. Viens, Lou, nous allons retrouver tes parents, ainsi qu'Hortense et Jean-Rémy. C'est une belle journée que nous allons fêter comme il se doit.

Ils franchirent tous trois le seuil de la salle, se retournèrent d'un même mouvement.

La roue à aubes du Moulin des Sources tournait, d'un mouvement lent et éternel, dans le sens inverse des aiguilles d'une montre.

REMERCIEMENTS

Chaque livre est une nouvelle aventure. Un grand merci, de tout cœur, à celles et ceux qui m'ont accompagnée au long de l'écriture du *Moulin des Sources*. Ma « garde rapprochée », d'abord, famille et amis, qui m'ont soutenue de leurs encouragements et de leur confiance. La disponibilité et l'érudition du personnel de la médiathèque de Lambesc comme du Musée des amis du vieux Lambesc m'ont été d'un précieux secours. De même, la médiathèque de Nyons, la bibliothèque de Vaison-la-Romaine, la librairie Pinet de Nyons continuent à m'aider dans mes recherches.

Enfin, mes lectrices et mes lecteurs, qui sont pour certains devenus de véritables amis, m'apportent encouragements, soutien et me donnent l'envie de bâtir de nouveaux romans, de créer de nouveaux personnages, encore et toujours.

En artisan de l'écriture.

Du même auteur
aux Presses de la Cité :

LA FORGE AU LOUP, 2001.

LA COUR AUX PAONS, 2002.

LE BOIS DE LUNE, 2003.

LE MAÎTRE ARDOISIER, 2004.

LES TISSERANDS DE LA LICORNE, 2005.

LE VENT DE L'AUBE, 2006.

LES CHEMINS DE GARANCE, 2007.

LA FIGUIÈRE EN HÉRITAGE, 2008.

LA NUIT DE L'AMANDIER, 2009.

LA COMBE AUX OLIVIERS, 2010.

Composition réalisée par PCA

Achevé d'imprimer en juillet 2011 en France par
MAURY Imprimeur
45330 Malesherbes
Dépôt légal 1re publication : août 2011
Librairie Générale Française – 31, rue de Fleurus – 75278 Paris Cedex 06

31/5807/8